Perchée et culottée !

Roman

Jessica Mazencieux

Tous droits réservés – Jessica Mazencieux

Éditions du mojito – 2023

Illustration : Pauline Verdier

Graphisme et communication : Julie Nardin

ISBN : 9798864942116

Prix : 15 euros

Dépôt légal : novembre 2023

« La vie n'est pas une question de paix, mais si vous ne connaissez pas la paix, vous ne saurez jamais la vie »

Sadhguru

« Toute souffrance est une pression de l'extérieur pour faire naître une force de l'intérieur »

Peter Deunov

Bordel à queue de pompe à chiotte, ça y est, je sais vraiment qui je suis !

Moi, c'est Juliette Carton, 43 ans, agent de police, trois sœurs, divorcée, capricorne, maman de deux filles et un garçon, groupe sanguin O+ avec comme hobby la psychologie et les chevaux, enthousiaste, stressée et débordée qui adore la musique, mais uniquement celle qui me fera danser comme une puce ayant eu un droit d'entrée à une exposition canine. Cela va donc de Larusso à Georges Michael en passant par les Spice Girls. Faits importants, je pratique le mambo et je suis collectionneuse de t-shirts ridicules.

Mais je sais maintenant que cette description n'est pas mon vrai Moi. Il en aura fallu des péripéties pour découvrir qui se cache derrière cette femme et arriver à enlever toutes ces couches d'oignon.

Mais rembobinons au moment où tout cela a commencé.

Les quatre filles du facteur marchent

Je suis la deuxième d'une joyeuse fratrie de quatre filles (Louise, Juliette, Fanny et Emma). Nous habitons à Gaillac, à une heure de Toulouse dans un appartement de trois chambres. Je partage ma chambre avec Louise qui a deux ans de plus que moi. J'ai quatre ans de plus que Fanny et Emma a dix-huit mois de moins qu'elle (ceci n'est pas un problème de maths). Les deux duos se sont donc créés naturellement et je crois que ça a bien arrangé papa et maman que chacune des filles ait quelqu'un avec qui jouer ; je les soupçonne même d'avoir pensé à avoir un quatrième enfant et à espérer une fille pour cela. Maman était vendeuse en boulangerie et a été bien évidemment souvent en congé parental. J'ai le souvenir d'une maman très présente et aussi très occupée avec ses quatre chipies. Elle nous emmenait tous les mardis après l'école dans la boulangerie dans laquelle elle travaillait. Nous attendions avec impatience ce rendez-vous hebdomadaire puisque nous avions le droit de manger un des beaux cochons en pâte d'amande qui trônaient fièrement derrière la vitrine et nous allions ensuite le manger dans le parc d'à côté. Un jour, le boulanger a dit une blague à maman au sujet de mon cochon : « attention c'est un des cochons qui a voulu devenir une fille, il s'appelait Henri, il a fini Henriette ».

Depuis elle a appelé le goûter du mardi, le goûter Henriette, et on riait.

Papa quant à lui était facteur. J'ai de magnifiques souvenirs avec mes sœurs rejoignant papa à travers les chemins pendant les vacances. Il était heureux de nous voir arriver. Nous nous dépêchions car nous ne voulions pas manquer la petite partie qu'il faisait chaque jour à pied. Je revois encore Louise crier : « voici des nouvelles fraîches ! » avec sa grande tignasse rousse qui bougeait dans tous les sens et mon père la reprenait souvent en lui disant qu'elle était complètement timbrée. Et je crois qu'il était tout aussi heureux de nous voir repartir tellement nous avions l'habitude de nous chamailler. Nous n'avions pas alors conscience à quel point nous nous aimions.

Maîtresse ô ma maîtresse

Ma maîtresse, Marie-Reine, a vu quelque chose en moi que je ne soupçonnais même pas. J'entends pour la première fois le mot « Sensibilité ». Je l'ai entendu parler de moi à l'autre maîtresse un jour dans la cour alors je me suis cachée derrière la porte pour les écouter. Elle lui disait qu'à force de m'observer, je lui sers d'indicateur : quand un nouvel élève ou une nouvelle personne entre dans l'école et que celle-ci est triste ou malsaine, je me crispe et je retiens ma respiration comme pour me protéger. Elle a ajouté qu'elle croit que ces facultés peuvent exister encore chez certains adultes qui peuvent les entretenir et les conserver. Je crois que l'autre maîtresse a un peu pris Marie-Reine pour une folle !

Un jour, elle nous a demandé de reproduire le dessin qui était affiché au tableau : il s'agissait d'un gros ours qui fermait les yeux. Une élève demanda à Marie-Reine pourquoi l'ours ferme les yeux alors qu'il n'est pas allongé pour dormir. Et elle répond qu'il ne dort pas, il ferme simplement les yeux pour se concentrer, pour chercher à entendre le trésor qui se cache en lui.

Lorsque Marie-Reine vient voir mon dessin, elle me demande pourquoi j'ai dessiné l'ours les yeux grands ouverts. Alors je lui ai dit : « c'est parce que lui, il a déjà entendu la voix de son trésor, alors son cœur s'est ouvert et il peut maintenant regarder le monde en grand ».

Je me souviens qu'elle m'a regardé avec des yeux brillants et qu'elle m'a fait un gros câlin. J'ai pensé alors que c'était parce qu'elle avait pitié de mes piètres talents de dessinatrice.

Vol au-dessus d'un lit de bambou

Lorsque j'avais environ sept ans, je me rappelle ressentir des présences, surtout la nuit. Je discerne encore la peur que j'ai pu éprouver : le souffle d'air sur mon visage, l'impression que quelqu'un me regarde et attende que j'interagisse, la terreur seule dans ma chambre. Je me souviens en avoir parlé à ma grand-mère, elle m'a répondu que les fantômes n'existaient pas. Je coupe donc sans le savoir complètement avec ce monde invisible. Le début du conditionnement.

J'ai également le souvenir, dans la chambre que je partageais avec Louise, de me réveiller régulièrement en me voyant au-dessus de mon corps, me regardant dormir, puis plonger dans mon « véhicule terrestre », le dénommé corps, pour continuer ce chemin qu'est ma vie. Un peu comme Oui-Oui et son taxi rouge et jaune sauf que mon véhicule était de 1m10, blonde, avec des taches de rousseur. Je pense donc que je voyage pendant la nuit, mais vers quelle destination ? Je ne le sais pas puisque je ne me souviens que de l'arrivée sur le « parking terrestre » à mon réveil, observant furtivement ma silhouette allongée sur mon lit de bambou, puis très rapidement, je réintègre mon corps physique et j'ouvre les yeux.

J'évoque vaguement ce qu'il m'arrive à mes copines, un peu en rigolant par peur que l'on se moque de moi. Je comprends vite qu'elles se réveillent dans leur véhicule sans l'avoir quitté, du moins sans s'en souvenir. Le début de la bizarrerie.

Je me demande pourquoi je fais cela la nuit, je me sens anormale, étrange, même si j'ai beaucoup de copines et que je garde cette singularité pour moi en ne parlant plus de mes « virées nocturnes ».

Lorsque je tombe un jour sur un dessin-animé où l'on voit un petit garçon avoir conscience de revenir dans son corps juste avant de se réveiller, exactement comme je le fais, et cela me rassure énormément. Je me dis que si l'on peut voir cela à la télévision, je ne suis peut-être pas la seule dans ce cas et j'ai le sentiment que je peux vivre sereinement ma vie d'enfant car « on verra plus tard ».

J'adore être entourée de mes sœurs avec lesquelles nous passons notre temps à nous déguiser. J'affectionne particulièrement les bottes, maman en récupérait souvent des vieilles et j'aimais m'inventer des personnages avec. Nous passions aussi beaucoup de temps à jouer aux garçons en faisant les cow-boys et les indiens, à nous disputer, à rire. Nos cousins n'habitaient pas bien loin de la maison et nous allions souvent les rejoindre pour peaufiner notre technique de tir sur les indiens. Mon enfance se poursuit donc tranquillement, avec une grande joie qui m'anime chaque jour et une foi inébranlable en la vie merveilleuse que je m'apprête à vivre.

Adolechiante

Il parait que notre cerveau se forme jusqu'à environ 15 ans, à la suite de quoi, la plupart d'entre nous ne font que répéter ce que nous avons décidé de croire.

Je passe mon adolescence collée à mes copines Sophie et Florence, que l'on appelle Flo, et ma grande sœur Louise. Les premières règles, les premières bières dégueulasses, les premières cigarettes, les premiers garçons, beaucoup de confidences, de danses, de rires, de pleurs aussi. Tout le monde nous appelait le club des quatre : quatre filles enjouées que rien ne semblait pouvoir arrêter, ni nos parents ni même la police. Un soir où nous avions organisé toutes les quatre une fête chez Sophie avec une trentaine de personnes, Spice Girls à fond et alcool coulant à flot, des agents de police sont venus frapper à la porte à quatre heures du matin car la voisine les avait appelés pour tapage nocturne. Flo ne les a pas entendus arriver et a continué à crier avec sa bouteille presque vide à la main : « l'alcool couuuule à Floooooo ». Louise s'est un peu trop vue jouer au jeu des cow-boys et des indiens de notre enfance et s'est mise à leur dire : « Venez donc vous rincer le gosier au saloon ! » et Sophie est vite partie planquer dans sa chambre le cannabis qu'elle a piqué à son père. Complètement paniquée et très impressionnée car je n'ai jamais eu affaire à la police avant cela, j'ai eu l'impression d'avoir cinq ans et d'avoir fait une énorme bêtise. Il y avait un homme et une femme, l'homme était très droit et hautain et on sentait qu'il avait besoin justement de faire le cow-boy. La femme quant à elle était très douce et bienveillante, à tel point que j'avais presque envie de lui faire un câlin. Bon, après cinq verres, il faut dire que j'avais envie de faire un câlin à tout le monde ! Elle m'a expliqué qu'il y avait dans l'appartement d'à côté une femme qui ne souhaite pas nous importuner, qui a essayé de toquer plusieurs fois mais que personne n'a répondu. Elle a deux enfants en bas âge et occupe deux emplois depuis que son mari est parti et elle a vraiment besoin de dormir, elle est au bord de la crise de nerfs. J'ai eu une admiration énorme pour cette maman et pour cette policière dont le rôle était simplement d'aider cette femme.

J'ai vu la police de manière complètement différente et je me suis dit que cette femme si douce avait réellement sa place à son poste. J'ai aussi compris que la force, ce n'est pas d'utiliser son petit ascendant de chef sur les autres, comme pour cet homme policier, mais d'être connecté aux autres et de s'en sentir puissant.

Je suis allée retrouver cette dégonflée de Sophie dans la chambre ; elle était en train de pointer son laser rouge pour chat sur l'appartement de l'immeuble en face pour faire signe à un groupe de mecs.

Ce jour-là je lui ai annoncé que je voulais devenir agent de police.

Ba moin en ti bo, deux ti bo

C'est lors d'une soirée improvisée que je rencontre Thibaut, le frère du petit ami de Flo, qui arrive quand même à me faire craquer sur sa célèbre technique d'attaque : venir me chanter « ba moin en ti bo » de la Compagnie Créole en me disant que ça veut dire « donne-moi un petit baiser ». Un peu naïve mais charmée, nous passons ensuite des heures à discuter sans plus nous lâcher et entamons sans le savoir une belle histoire d'amour.

Nous n'habitons pas la même ville et nous avons des emplois du temps assez chargés avec nos études, mais malgré tout, nous nous retrouvons dès que nous le pouvons.

L'année d'après, et puisque nous nous manquons trop, je décide de le rejoindre à Bordeaux pour continuer mes études en vue de passer le concours de gardien de la paix. De son côté, après une année de droit peu concluante, Thibaut débute ses études d'infirmier. Nous nous installons dans une petite chambre que nous sous-louons et sommes contents de nous retrouver, mais heureusement que nous avons des horaires décalés pour que nous puissions nous concentrer un peu sur nos études ! Toutefois, ça ne nous empêche pas de sortir régulièrement avec les amis de Thibaut avec qui je m'entends très bien.

Un week-end pendant lequel Thibaut est en formation à Paris, j'invite Sophie et Flo qui ne connaissaient pas

Bordeaux pour leur faire visiter la ville et surtout pour faire la fête. Louise n'ayant pas pu venir, elle m'a fait passer par les copines ma peluche renard « FutFut », celle avec laquelle je dormais lorsque j'étais petite. Je n'avais pas voulu l'emmener, déterminée à vouloir être une femme et à laisser la petite fille au placard. J'étais quand même très contente de retrouver FutFut avec ses oreilles toutes douces et son petit foulard blanc, surtout lorsque j'ai vu le mot que Louise avait glissé dans la fermeture Eclair au dos de FutFut : « Je suis fière de toi, sois heureuse dans cette nouvelle vie, je t'aime, Loulou ».

Nous sortons donc le samedi soir avec Sophie et Flo dans une boîte de nuit où je vais régulièrement avec Thibaut. Nous y retrouvons d'ailleurs quelques-uns de ses amis. Je sens que Sophie n'est pas bien, elle est ailleurs, ce soir-là, elle a mis un pull informe à rayures marines, vert et blanc alors que nous sommes habituées à la voir toujours très sexy. Sa bouche souriait mais pas ses yeux. J'ai eu l'impression qu'elle squattait tout le temps les toilettes, elle avait le regard fuyant et je voyais bien qu'elle faisait semblant de s'amuser. Nous continuons malgré tout la soirée tranquillement tout en gardant un œil inquiet sur elle.

Arrivées dans la chambre, je lui demande tout de suite ce qu'il y a : elle sait bien que je la connais par cœur et qu'elle ne pourra pas se dérober. Elle nous annonce qu'elle est enceinte et qu'elle va avorter le mercredi suivant.

Ma copine chérie vient juste d'avoir dix-neuf ans, son petit ami Rémi ne souhaite pas garder l'enfant et elle non plus. Elle vomit beaucoup, a les seins gonflés et a souvent des crises de larmes. On lui a fait passer une échographie obligatoire pour dater la grossesse en vue de « l'expulsion ». La sage-femme qui savait pourtant très bien qu'il s'agissait d'un avortement a malencontreusement mis le son et elle a entendu le cœur du bébé. Ça a été très éprouvant pour elle et j'ai été très attristée qu'elle ait traversé ça toute seule, Rémi pensant qu'il ne s'agissait que d'une formalité. Elle n'en a même pas parlé à Flo qui était aussi attristée que moi.

Après avoir beaucoup discuté à cœur ouvert toutes les trois, chacune dans une grande vulnérabilité, nous nous sommes couchées dans le même lit, serrées les unes contre les autres, dans un silence si rare entre nous tant nous n'aimons pas le vide. Mais ce silence-là n'était pas vide, il était plein de réponses.

A moitié endormie, je me penche pour éteindre la lumière et je vois que Louise m'a laissé un message écrit, il me réchauffe le cœur et je souris en m'endormant.

Louise attaque

Quatre heures plus tard, je me réveille en sursaut et en nage, une émotion extrêmement forte me traverse et je me mets à éclater en sanglots. Je sens que cette émotion ne m'appartient pas et c'est une sensation nouvelle pour moi. Sophie et Flo me font prendre l'air dehors, me font un gros câlin sans comprendre ce qu'il m'arrive, je me concentre sur ma respiration et j'arrive à me rendormir une heure plus tard. A onze heures, je reçois ce coup de téléphone qui a changé toute ma vie : j'apprends que Louise, ma grande sœur, l'amour de ma vie, a souhaité quitter la sienne. Le retour du monde invisible et le début de la vraie douleur.

Je reste prostrée sur mon lit, serrant très fort mon FutFut contre moi, comme s'il avait le pouvoir d'apaiser mon cœur. Flo est dans une colère folle, elle ne tient pas en place et balance des « pourquoi, pourquoi » sans rien dire d'autre. Sophie quant à elle ne quitte plus les toilettes tellement elle vomit.

Je pense soudain au message que Louise m'a envoyé la veille, je prends mon téléphone et ne voit que son dernier message où elle me dit qu'elle ne pourra pas venir ce week-end à Bordeaux. Etrangement, aucune trace du message de la veille ! Je me souviens pourtant bien qu'il m'avait réchauffé le cœur mais impossible de me rappeler ce qu'elle me disait dessus, je l'ai peut-être effacé sans faire attention.

Thibaut nous rejoint quelques heures après et nous partons tous ensemble pour Gaillac. En voyant la maison de notre enfance apparaître devant moi, je me sens incapable de sortir de la voiture, incapable d'affronter cette nouvelle réalité sans Louise, incapable de faire face à la douleur dans les yeux de mes parents et de mes sœurs. Je m'aperçois même que ce choc m'a déclenché mes règles alors que je ne devais les avoir que deux semaines plus tard.

Il paraît qu'il y a quatre étapes avant l'acceptation : le déni, la colère, la négociation, la dépression puis l'acceptation. Un long chemin s'amorçait devant moi. J'oscillais entre le déni et la colère, l'impossibilité d'accepter que je ne la reverrai plus jamais et la colère d'avoir loupé quelque chose, de ne pas avoir été là pour elle, et égoïstement la colère contre elle aussi de ne pas avoir pensé à la souffrance qu'elle allait nous causer.

Lorsque j'ai vu mes parents et mes sœurs, nous nous sommes serrés très fort dans les bras, en silence, en étouffant nos sanglots. Tous dans une incompréhension et une culpabilité totale. Maman ne parle pas, papa est rouge de colère et s'affaire dans tous les sens à chercher son briquet en jurant dans toutes les pièces de la maison. Fanny porte le vieux pull écossais de Louise qui traînait dans sa chambre et ne s'arrête pas de pleurer et Emma regarde en silence toutes ses photos en les caressant. Les étapes se succèdent, nous restons soudés comme jamais, mes parents, mes sœurs, Thibaut, Sophie, Flo et moi.

Je pense tout de même à Sophie qui vit une douloureuse épreuve en perdant la même semaine une de ses meilleures amies et le bébé qu'elle porte. Flo l'a beaucoup soutenue et cela me soulage de ne pas la savoir seule elle aussi. Nous accompagnons notre chère Louise que j'ai fait le choix de ne pas revoir, souhaitant garder en moi le souvenir intact de son dernier sourire radieux qui cachait toutes les choses que je n'avais pas su voir.

Je me retrouve avec maman et mes deux sœurs dans la chambre de Louise, à discuter, essayer encore de comprendre, elle n'a rien laissé, pas un mot, pas un indice, rien ! Je suis la seule à connaître le code de verrouillage de son téléphone, nous regardons donc dedans à la recherche d'une information. Elle s'était confiée à Mélanie, une copine avec qui elle était à la Faculté des Sciences Pharmaceutiques de Toulouse car elle souhaitait être pharmacienne. Elle lui a parlé du fait qu'elle ne se sentait pas à la hauteur dans ses études et incapable de vivre dans ce monde actuel, constitué selon elle de préjugés, d'exigences et de combats perpétuels. Nous avons au moins un début de réponse sur son mal-être. Je regarde l'historique des messages qu'elle m'a envoyés et, tout comme sur le mien, je trouve uniquement le message sur le week-end à Bordeaux. J'étais pourtant bien certaine d'avoir reçu un message de sa part la veille de son décès, je retiens qu'il m'a réchauffé le cœur et c'est le principal.

Passée la période où tout le monde a de la compassion pour nous, où l'on se retrouve ensemble longuement pour parler de Louise, pour la faire exister encore un peu, essayer de comprendre ce qui a bien pu se passer dans sa jolie tête, culpabiliser - beaucoup - chacun retourne à sa vie comme il peut. J'arpente les rues de Bordeaux sans but, promenant le trou béant dans mon cœur causé par la perte de ma chère sœur, mon roc, mon pilier, ma confidente. Lorsqu'on a dix-neuf ans, on pense que l'on peut perdre son petit copain, on se dit que la relation ne va peut-être pas durer, qu'on est encore jeune, mais jamais je n'aurais pensé perdre Louise un jour, comme ça, aussi vite, sans explications ! Je me sens vide, vide de sa présence, vide de mon insouciance, vide de mes rêves de jeune fille, vide de rire, vide de moi, vide d'elle. Mes pas aussi sont vides, ils font trois tonnes et je tâtonne. Je me rends dans plusieurs librairies en demandant des livres sur le suicide : les vendeuses me renseignent d'un air inquiet. Je lis plusieurs livres sans vraiment trouver de réponses à part que les proches n'ont pas à culpabiliser, que le suicide est la conséquence d'une maladie qu'on ne peut pas toujours détecter, surtout chez les filles. Maman et Sophie s'inquiètent pour moi car je suis loin de tout le monde. Heureusement, il y a Thibaut avec moi mais elles ont sûrement peur que je fasse la même chose alors elles m'incitent à contrecœur à aller voir un médecin.

Celui-ci m'écoute à moitié et me donne des antidépresseurs. Je sens que ce n'est pas bon pour moi mais je les prends quand même car ils vont peut-être m'aider à réduire le vide et le mal-être que je ressens. Après quelques semaines de traitement, j'ai souhaité les arrêter, clairement consciente de la difficulté à vivre pleinement mes émotions. Et puis comment faire un deuil si les émotions ne sont pas entièrement ressenties ?! Pourquoi médicaliser un processus naturel menant la personne endeuillée vers la reconstruction ?

Le début de mes recherches sur le bonheur.

Je réalise que mon bonheur est créateur, que c'est moi qui crée toute seule mon emprisonnement, et à partir de là je suis libre, libre de sortir moi-même de prison. Vas-y Roger, t'as les clefs du camion !

Peu à peu, j'arrive à m'en passer sous la supervision du médecin, en les prenant sous forme de sirop et en les diminuant progressivement. Les émotions reviennent, la douleur de ne plus voir ses jolis yeux pétiller et de ne plus l'entendre au téléphone me force à essayer de me connecter à elle. Et puis j'ai tellement eu le réflexe de prendre mon téléphone pour l'appeler. Habituellement, je l'appelais le cœur battant à l'idée d'échanger avec elle, de lui parler de ce que je ressentais, de mes petites et grandes joies, de mes coups de blues sans raison. Maintenant c'est elle qui occupe toutes mes pensées et elle n'est pas là pour me réconforter. La colère de m'avoir quittée puis la culpabilité de ne pas avoir été là pour elle, de ne pas avoir perçu sa détresse, parce que j'habitais loin d'elle pour mes études, ont pris le dessus.

Un jour, désorientée, dans une angoisse folle et en crise de manque chronique, je lui demande un signe, je la supplie de me dire si elle m'entend, si elle est toujours là auprès de moi. Je rentre dans ma chambre le soir après les cours et je réceptionne une livraison de maquillage que j'avais commandée cinq jours auparavant. Perdu au milieu du baume à lèvres et du mascara se trouvait un petit mot « votre colis a été préparé par Louise ». Hasard ou coïncidence, le fait est que j'ai souri, que mon cœur s'est rempli et que j'ai bien dormi.

S'ensuivirent des jours où j'ai retrouvé des objets qui me faisaient penser à elle, un peu partout sur mon chemin dans des lieux improbables : une plume dans le lavabo, des cheveux roux sur ma brosse ou encore entendre trois fois dans la même semaine et de manière improbable la chanson que nous chantions tout le temps lorsque nous étions des petites filles : le générique du dessin-animé « Creamy » qui fait « pampulilu pouvoir magique, pampulilu c'est fantastique ». Je me souviens de Yuu, l'héroïne qui a un jour reçu une baguette magique qui permet de la transformer en une jolie adolescente. Nous nous amusions à rejouer la scène en prenant le rouleau à pâtisserie de maman au bout duquel on collait une étoile en papier aluminium pour faire office de baguette magique. Je revois encore les étoiles qui brillaient dans ses yeux pour me montrer à quel point cette baguette magique pouvait me transformer. Si seulement il en existait une pour la faire revenir !

Je me demande encore comment cela est possible et si elle a pu physiquement faire tout ça. J'ai lu un article en ligne qui disait que l'intention va là où est l'attention : je sais qu'elle était près de moi pour que je pose mon regard au bon endroit et que je sache qu'elle n'est pas loin, juste dans une autre dimension où mes yeux physiques ne me permettent pas de la voir, mais je la sens et cela m'apaise.

Le début de l'espoir en l'invisible.

Voyage, voyage

Thibaut et moi commençons l'un après l'autre à rentrer dans la vie professionnelle et nous emménageons cette fois près de Gaillac pour nous rapprocher de ma famille et de mes amies. Nous consacrons ensuite les trois années suivantes à mettre toutes nos économies dans des voyages : nous partons dès que nous le pouvons ! Heureusement, infirmier et agent de police sont des métiers aux horaires tellement variables que les voyages nous permettent vraiment de nous retrouver. Pérou, Japon, Grèce, Sicile : j'emmène Louise partout avec moi. Nous voyageons le plus simplement du monde, un sac sur le dos et un sourire sur nos visages. C'est fou ce qu'un simple sac à dos peut apporter comme sentiment de liberté ! Se réveiller le matin en sachant qu'une nouvelle journée fabuleuse nous attend, nous émerveiller de la nature, de la culture, rire des coutumes, se retrouver dans des situations improbables... nous sommes d'ailleurs ceinture noire de car raté !

Et avoir des discussions avec les locaux, juste par le regard. Un jour où nous étions à Kyoto au Japon, fatigués des lieux où tous les touristes se rendent pour avoir la photo que tout le monde a, nous décidons de faire une randonnée en-dehors de la ville. Au hasard des chemins, nous tombons sur un temple magnifique, dont le jardin est rempli de mousses reflétant une lumière incroyable. La définition même du paradis : une rivière, des petits ponts, des fleurs, des arbres... j'avais envie de sauter de mousse en mousse comme s'il s'agissait de petits nuages m'invitant à retrouver mon âme d'enfant. Certains rochers cachés ici et là donnaient l'impression qu'ils nous souriaient et qu'ils nous transmettaient leur sagesse et leur amour. Il y avait une telle sérénité que je ne voulais plus repartir ! Arrivés devant le temple, nous croisons un couple dont le monsieur était en fauteuil roulant. Je croise son regard, il me tend la main, je la prends et je sens tout à coup une force incroyable parcourir tout mon corps, comme si un éclair venait de me traverser. Il me dit quelques mots en japonais que je ne comprends pas : sa femme me dit dans un anglais approximatif qu'il me remercie de lui avoir donné accès à mon cœur, qu'il faut que je me rappelle de ma lumière, que je ne suis pas seule et que je suis là pour aider certaines personnes. Il ne devait pas savoir que mon métier consistait en grande partie à donner des contraventions.

Je l'entends dire beaucoup de mots japonais que j'ai l'impression de comprendre avec mon cœur même si mes oreilles ne peuvent pas les interpréter. Avant de partir, sa femme me traduit une dernière phrase : la beauté n'est pas qu'une histoire d'apparence physique. La beauté est le reflet de l'âme, elle déborde du cœur.

La découverte de la sérénité.

Maman, j'ai raté l'évacuation !

Ma relation avec Thibaut se renforce, cet homme merveilleux avec qui je décide de construire ma vie de famille à travers les yeux de Louise. Le début de la vie normale.

L'année de mes 26 ans, nous accueillons une magnifique petite fille, Anna, toute droite sortie d'une galaxie lointaine.

36 heures de contractions, un anesthésiste qui m'a pris pour un hérisson et une voix lointaine que j'entends dire « changez le seau ». Mon sang quitte doucement mon corps, je me sens planer, je vois vaguement plusieurs visages paniqués devant moi et je sens une main s'introduire jusque dans mon ventre à la recherche d'un morceau de placenta, ou de concombre qui sait. Je n'ai pas eu de points suite à la naissance d'Anna mais j'en ai eus à cause de ce que j'appelle non pas une révision utérine mais une exploration à la Poutine.

Je me souviendrai toujours de cette jolie femme à la peau noire qui a tenu mon bébé sur moi pour ne plus que je pense ni que je vois ce qui se passait plus bas, même à moitié inconsciente. Un bébé, des petites mains, une chaleur réconfortante, mon cœur qui s'ouvre en grand. J'ai su plus tard que j'ai fait une hémorragie de la délivrance. S'ils savaient comme cela porte bien son nom et comme cette naissance m'a délivrée de bien des croyances. La sensation de cet amour immense dans mon corps et dans mon cœur que jamais je n'aurais cru possible, l'euphorie et l'émerveillement.

Le début de ma vie de maman.

Petite maman

La vie à trois se met en place : je sens que l'arrivée d'Anna fait beaucoup de bien à toute la famille, surtout à mes parents que je revois sourire plus spontanément et qui viennent régulièrement la voir. Papa dit que nous sommes abonnés aux filles dans la famille, maman est contente de pouvoir la tenir contre son cœur et moi je profite qu'ils soient là pour partir faire une petite sieste.

Quelques semaines plus tard, il est temps de retourner au poste. C'est un véritable déchirement de devoir laisser Anna même si j'ai trouvé une crèche formidable avec des femmes très douces. Mais peu importe, elle ne sera pas avec sa maman et j'ai clairement l'impression d'abandonner ma poupée. Je pleure beaucoup les deux semaines avant, à chaque fois que je pense que je vais devoir la laisser pour aller travailler et je la serre contre moi tout le temps en éprouvant beaucoup de culpabilité. J'ai eu l'idée de lui écrire une lettre qu'elle pourra lire quand elle sera grande, exactement comme si j'étais en train d'abandonner ma fille, sauf que je partais juste quelques heures. Thibaut, voyant cela, m'a suggéré de négocier une reprise à 80% pour pouvoir m'apaiser un peu. Il m'a dit qu'on se débrouillerait toujours, c'est vraiment un amour.

Le jour J arriva, un peu plus apaisée en sachant que j'ai pu réduire mon temps de travail et ne pas travailler le jeudi, mais je pose quand même Anna à la crèche complètement déconfite.

Evidemment, elle l'a senti et s'est mise à pleurer dès que je l'ai posée dans les bras de Garance, la dame de la crèche que je ne connaissais pas. Je me suis excusée cent fois auprès d'Anna avant de partir en pleurs et je suis restée un moment ensuite sous les fenêtres de la crèche pour savoir si elle pleurait encore. Elle a pleuré dix minutes qui m'ont parues durer des années tellement mon cœur de maman saignait.

Une impression d'abandon et encore de la culpabilité.

Tortue ninja

Quelques mois plus tard, Anna est chez mes parents, Thibaut travaille et je me réveille seule à la maison après une nuit de ronde avec mes collègues pensant pouvoir roupiller toute la journée. Youpi tralala !

Sauf que l'invisible en a décidé autrement.

J'ouvre un œil en sueur avec la sensation que Louise est venue me voir dans la nuit, ou c'est peut-être moi qui suis allée la rejoindre. J'ai le mot « anniversaire » qui revient en boucle dans ma tête et je ne comprends pas pourquoi. Je vais à la salle de bain en pensant toujours au mot Anniversaire et en me rappelant que Louise aurait bientôt eu 30 ans et que son anniversaire était sacré, elle avait même comme habitude rigolote chaque année de se prendre en photo avec ses cadeaux.

Quand tout à coup, le jouet Tortue d'Anna qui chante lorsqu'on lui appuie sur la tête, et qui était dans la baignoire, s'est mis à chanter tout seul. Je regarde si quelque chose lui appuie sur la tête, rien. Puis il a chanté toutes les deux minutes jusqu'à ce que je parte chercher Anna chez mes parents. Lorsque je suis rentrée avec elle, plus rien. La répétition et ensuite l'arrêt du jouet lorsque je n'étais plus seule et la sensation que Louise était près de moi, comme pendant mon rêve, me font dire que c'est un signe de sa part.

J'ai eu la confirmation qu'elle voulait qu'on fasse quelque chose pour son anniversaire.

J'en parle alors à Fanny, ma petite sœur, et nous organisons un anniversaire un peu spécial avec la famille et ses amis, rempli d'amour et de joie. D'abord au cimetière, puis chez nos parents à regarder des photos, se remémorant les bons moments et toutes les belles choses qu'elle nous a apportées à tous. Les sourires, les regards, les cœurs remplis de joie de passer un moment pour elle ont rendu cette journée inoubliable et joyeuse.

J'apprends ce jour-là que je suis de nouveau enceinte.

Elle a fait un bébé toute seule

Sophie et moi sommes enceintes en même temps, avec une date d'accouchement prévue à deux semaines d'écart, à l'exception près que j'ai la chance d'avoir Thibaut qui est très présent à mes côtés et que Sophie, elle, a fait un bébé toute seule. Non, elle n'est pas tombée subitement sur un zizi sauvage, mais son compagnon, Boris, est parti après l'annonce de sa grossesse. Bien que ce fût un enfant désiré à deux, il a réalisé qu'il s'était trompé quand il a su qu'il allait être papa, que ce n'était pas avec elle qu'il souhaitait faire sa vie et qu'il était tombé entre-temps amoureux d'une de ses collègues lors d'un séminaire.

« Ça recommence », me dit-elle, et c'est malheureusement ce que j'ai pensé aussi, comme un air de déjà-vu. Les émotions que j'ai ressenties lors de l'annonce du décès de Louise qui ont succédé à l'annonce de la première grossesse de Sophie me sont remontées d'un coup. Sueurs, tremblements, torpeur.

Je me suis ressaisie et l'ai accompagnée comme j'ai pu dans cette épreuve, n'ayant pas vraiment pu être là au cours des étapes de son avortement.

Elle était tellement effondrée qu'elle ne voulait plus de ce bébé, se pensant incapable de l'élever seule et ne voulant pas se rappeler chaque jour de son goujat de père. Je l'ai encouragée à suivre son cœur et non ses peurs et elle m'a appelée un jour en me disant qu'il y a un instinct de survie plus fort que tout qui s'est réveillé en elle et que son bébé, sans être encore né, lui a envoyé une force incroyable. Il lui a fallu, encore une fois à quelques semaines de grossesse, prendre cette décision difficile et personnelle : décider de garder le bébé, en sachant qu'elle serait seule et faire le deuil de la famille qu'elle désirait tant avant même d'avoir son premier ventre arrondi. Avec Flo, qui vient d'avoir son premier petit garçon avec le frère de Thibaut, nous la soutenons comme nous le pouvons et j'évite de m'épancher sur ce que Thibaut fait pour moi alors que mon ventre s'arrondit également. On essaie de lui faire garder espoir en un avenir radieux et en attendant, on lui dit que si elle veut qu'un homme la fasse craquer, qu'elle aille plutôt sagement chez l'ostéopathe.

De mon côté, je vis une deuxième grossesse merveilleuse et mesure chaque jour la chance que j'ai de porter la vie même si l'appréhension de faire à nouveau une hémorragie reste assez présente et que je subis un peu plus la transformation de mon corps. Tout le monde me dit que mon ventre de femme enceinte est magnifique mais personne ne vient me dire que les grosses hanches et les capitons sur les cuisses qui vont avec sont merveilleux. Déjà que la remise en état des lieux après la naissance d'Anna a été assez approximative, il va falloir faire un peu plus attention aux parties communes pendant ce bail d'habitation. Mais je remplace vite cette pensée par le bonheur d'être à nouveau maman.

Maman, j'ai encore raté l'évacuation !

Un jour où je suis au téléphone avec maman, je me lève du canapé et j'ai la sensation d'avoir perdu les eaux sauf que je perdais en fait du sang ! Thibaut appelle vite les pompiers qui arrivent dix minutes après mes parents. J'ai très peur qu'il soit arrivé quelque chose au bébé, j'essaie le plus possible de respirer et de me calmer.

S'ensuivent encore 36 heures de contractions puis Romy arrive dans mes bras. Pour un court instant, puisque rebelote, l'hémorragie recommence. Ce fut la plus grande peur que j'ai eue tout au long de ma grossesse et à force d'y penser je crois qu'elle a fini par se matérialiser. Les médecins sont obligés de me transférer dans un autre hôpital sans mon bébé car ils ont peur pour moi et n'ont pas tous les équipements nécessaires.

J'avais justement choisi une petite maternité qui pourrait mieux m'aider à gérer la douleur si l'anesthésiste me transformait à nouveau en hérisson. Lors de la visite de cette maternité on m'a dit qu'il y avait 1% de risque pour qu'il y ait un transfert dans un autre hôpital. Bingo ! « Chéri, tu entends la sirène des pompiers ? Je me casse avec eux parce qu'ils sont vraiment sexy et tu as vu : on fait partie des 1%, profite pour jouer au loto ! ». Je sais qu'elle a tout ressenti car ma poupée s'est mise à pleurer au moment exact où je lui ai fait un bisou en partant avec le SAMU.

Me voilà dans un autre hôpital, une autre maternité, sans mon bébé. On me promet que je serai de retour le lendemain matin et on me dit d'insister lourdement pour avoir un tire-lait sur place. On me transfère dans plusieurs salles successives, je n'ai plus de batterie, je ne peux joindre personne. Le stationnement de piqûres sur mes bras étant complet, on me pique dans les jambes. Ma maman lionne arrive à se faire balader de service en service pour me joindre au téléphone, ça me fait du bien.

On me place dans une pièce froide, avec une infirmière aux mains froides et un cœur tout aussi froid. Elle me masse le ventre pour voir si je saigne encore. J'ai tellement mal au ventre - une sensation d'énormes bleus à force que l'on m'appuie dessus - que je lui enlève les mains par réflexe. Elle a eu la belle idée de m'attacher les mains au lit pour pouvoir faire son travail correctement...

La médecine moderne m'a tout de même sauvé la vie deux fois. Il y a 50 ans je serais certainement morte en couche et, essayant de positiver pour quelque chose, je ressens une immense gratitude pour cela.

Une fois que la tortionnaire est partie dormir sur ses deux oreilles, on m'a installée dans une chambre avec une maman et son bébé qui sont là depuis deux jours. Il est 4h du matin et elle regarde la télévision. Malgré mon infini mal-être, je lui demande comment s'appelle son bébé. Elle me répond : « Son père est tellement con qu'on ne lui a pas encore trouvé de prénom ». Ok. Je suis chez les fous.

La légende de l'hôpital dira que le lendemain, il y a un bébé qu'on a appelé Gervais dont le nom de famille était Petit, et que la maman d'à côté errait dans les couloirs sans son bébé à la recherche d'un tire-lait.

Ma fille d'amour, encore une fille dans la famille, retrouve non pas le lendemain matin mais le lendemain soir, une maman en larmes, en culpabilité totale de l'avoir laissée et des tétons en forme de tour Eiffel puisqu'elle s'est finalement stimulée toute seule. Je ne veux plus laisser une seconde cette bouille d'amour.

Le sentiment de culpabilité qui continue et l'expansion de mon cœur.

Telle mère, telle fille

Malgré la fatigue, je passe une magnifique période. Quand je vois le désarroi de Sophie qui vient d'avoir un beau petit Gabriel mais qui ne vit pas cette naissance comme elle l'aurait voulue, je me dis que je n'ai pas le droit de me plaindre et que j'ai une immense chance d'avoir Thibaut auprès de moi.

Ma petite sœur Emma passe beaucoup de temps à la maison car ce sont les vacances scolaires et qu'elle en a marre d'être tout le temps avec les parents. Elle termine avec détermination ses études de notaire et m'impressionne beaucoup par son sérieux. Je n'aurais jamais été capable de tenir des études aussi longues car j'avais trop besoin de sortir faire la fête. Elle me fait penser à maman et à son sérieux légendaire.

Et moi j'oscille entre la culpabilité d'avoir laissé Romy à la maternité - je n'arrive d'ailleurs pas à la laisser toute seule - et la culpabilité de ne pas être assez présente pour Anna.

Heureusement qu'Emma m'aide un peu à la maison ! Cela me permet de passer un peu plus de temps avec Anna qui nous fait quelques crises de jalousie depuis l'arrivée de Romy. J'ai essayé de passer plus de temps avec elle, sans personne d'autre, simplement pour jouer ou pour trier ses affaires. Je sens que ces moments à deux lui ont fait du bien et l'ont rassurée sur le fait que mon amour pour elle n'avait pas changé. Elle a retrouvé son espièglerie et ses jeux, elle est arrivée un jour en mode « super star » avec mes bottes beaucoup trop grandes pour elle, Emma m'a dit « On dirait toi quand tu étais petite ».

Telle mère, telle fille.

Calimero et la fête des mères

La vie à quatre se construit, s'organise. J'ai l'impression d'être une boule de stress et une boule d'amour en même temps. J'ai repris le travail six mois après la naissance de Romy à mi-temps, avec de fortes angoisses à l'idée qu'il puisse m'arriver quelque chose sur le terrain et de laisser deux enfants sans leur maman. Je me sens vulnérable, surtout à l'approche de mes règles. Je le sais maintenant : poussez-vous de devant, Calimerègles fait son grand retour ! En plus, la fête des mères approche. Je ressens de la frustration et de la tristesse à l'idée que je n'aurai sûrement pas de cadeau, Thibaut disant comme chaque année que je ne suis pas sa mère. Je ressens aussi la même chose à l'approche de mon anniversaire et je cherche au fond de moi pourquoi j'ai cette réaction. Je sais que c'est l'envie d'être récompensée, au moins pour une journée, de mes efforts pour être une maman qui fait de son mieux, mais cette frustration anticipée ressemble à une attente inconsciente de la validation que je ne mérite rien. Comme si je me parlais toute seule : « Ah t'as vu ?! J'ai rien eu ! J'avais raison, je ne suis pas « assez » ».

Et évidemment puisque je renvoie cette vibration d'attente et de peur de ne pas recevoir pour ne pas rouvrir la blessure « rejet » qu'apparemment je porte et dont je ne connais pas l'origine, personne n'a envie de m'offrir quelque chose parce que je dois ressembler à la Cruella du cadeau ! Ou alors si j'ai quelque chose je me sens insatisfaite parce que oui il faut bien que mon inconscient m'affirme que je ne mérite pas grand-chose. C'est du moins ce que Flo m'a expliqué quand je lui ai parlé de ce qui est pour moi un caprice de petite fille mais qui fait un mal de chien. Elle me dit qu'il me faut apprendre à ne pas donner mais plutôt à partager pour ne plus me sentir frustrée. Mouais. Je me réconforte en lisant un livre où je tombe sur un paragraphe qui parle plutôt de diffuser ma propre lumière et l'amour qui est en moi, être amour avec les autres sans chercher à rien recevoir en retour. Il raconte que lors de notre passage vers une autre dimension, on nous demandera comment on a aimé plutôt que si on a été aimé. Alors c'est parti ! Ouvrons un peu plus le cœur même en état d'insatisfaction. On s'occupera du dossier « blessure de rejet » plus tard.

Pris de remords en voyant que je lui avais fait un cadeau pour la fête des pères, Thibaut m'a tout de même offert deux semaines plus tard un t-shirt d'allaitement « Milktamère ».

Tout ce qui brille

Quand je le peux, je rends visite à Sophie et à son magnifique petit Gabriel. Boris, sans donner aucune nouvelle pendant la grossesse, s'est tout de même manifesté peu avant l'accouchement et a voulu y assister. Il a souhaité également reconnaître Gabriel et est toujours avec sa collègue de travail : elle doit être sacrément amoureuse celle-ci d'ailleurs ! Ma copine courage a eu une césarienne d'urgence, un beau bébé dans les bras, et un Boris en face d'elle qui regardait par la fenêtre. Dans une grande fatigue et vulnérabilité, elle lui a demandé un câlin : il est venu l'étreindre sans grande conviction et elle a senti qu'elle ne verrait jamais dans ses yeux l'admiration qu'elle souhaitait voir pour avoir donné courageusement naissance à son fils. Il s'est mis ensuite à se plaindre du fait qu'il allait habiter maintenant à 400 km avec sa nouvelle compagne et qu'il ne pourrait pas beaucoup voir Gabriel, qu'il aurait vraiment aimé le voir grandir et être là pour son premier enfant, qu'il n'avait pas du tout imaginé que les choses se passeraient ainsi. Sophie était un peu désorientée suite à ses propos et je lui ai dit qu'il avait fait un choix, certes courageux puisqu'il n'était plus amoureux, et que tout choix se respecte même s'il est difficile à accepter. A lui maintenant d'en assumer la responsabilité, et non à elle. Elle avait déjà bien assez à faire à élever un enfant toute seule.

Les semaines qui ont suivi la naissance de Gabriel, je me suis préparée à ce qu'elle parte dans une bonne dépression. Cela a été très dur pour elle, lorsque Gabriel pleurait la nuit, elle pleurait avec lui, de fatigue, de solitude, du manque d'un homme. Mais je l'ai vue transformer sa colère et sa tristesse en positif, elle m'a vraiment épatée ! Quand je lui demande comment elle va, elle me parle certes du fait que c'est difficile de s'occuper d'un premier bébé à plein temps sans relais, mais surtout du lien unique qui la lie à Gabriel et de la force incroyable qu'elle a pu découvrir en elle. Quand elle sent qu'elle se décourage, elle pense à tout ce qui brille et va briller dans sa vie. Ça ne marche pas tout le temps mais ça l'aide beaucoup.

Je sais qu'elle sera une maman formidable.

Allo, allo, monsieur l'ordinateur

Je déteste l'informatique, même s'il est vrai que l'ordinateur est capable de faire plein de choses et que son évolution est sans fin. C'est d'ailleurs quand même une drôle d'époque où les ordinateurs demandent à des êtres humains de prouver qu'ils ne sont pas des robots ! Mais dès que je me retrouve devant un ordinateur, ça m'angoisse, je suis clicophobe.

J'ai vu tellement d'histoires d'usurpation dans le cadre de mon métier que je n'ai pas confiance en cette machine : j'ai peur qu'un clic m'emmène notamment à l'envoi d'un message regrettable à mes proches, au téléchargement d'un virus ou d'un logiciel malveillant, voire au vol de mes données personnelles. Et ce n'est pas mon collègue Jean-Louis qui m'a appelée pour prendre de mes nouvelles pendant mon congé maternité et qui m'a parlé d'une nouvelle usurpation qui m'a rassurée. La dernière histoire en date est celle d'une femme qui soupçonnait son mari d'avoir une double vie lorsqu'il était en déplacement. Elle a mené une enquête à la Sherlock Holmes pour retracer toutes les informations et trouver finalement que l'identité de son mari a été revendue sur un réseau et achetée par un homme installé tranquillement dans la ville de Nantes pendant qu'il effectuait des achats et des crédits en son nom.

Au commissariat, je me contente de taper les rapports de police en faisant le moins de clics possibles, et sinon j'ai de belles stratégies d'évitement pour me retrouver le moins possible devant cette machine infernale, prétextant une tendinite à l'épaule ou un problème aux yeux.

A la maison, je dois m'occuper aussi de l'administratif de Thibaut qui est maintenant infirmier indépendant et je procrastine tout ce qui doit être fait sur ordinateur. Ce qui est régulièrement source de conflits entre Thibaut et moi parce qu'il a un agenda très chargé, n'a pas envie de s'en occuper en rentrant et ce n'est pas non plus son domaine de prédilection.

J'ai donc eu l'idée de faire appel à Jai, un étudiant en informatique qui propose ses services, avec qui une relation de confiance s'est instaurée petit à petit. C'est un jeune homme adorable avec qui je me sens tout de suite à l'aise, surtout quand il me décharge de l'administratif et des clics. Je sais maintenant qu'avec lui tout est sécurisé.

J'en parle un jour à Sophie lors d'une balade avec les filles et Gabriel et elle me dit que je suis beaucoup trop méfiante de tout, dans mon travail, dans ma famille, dans mon couple, et il ne faudrait pas que ça s'accentue parce que ça commence à devenir pénible. « Plus tu es méfiante, moins tu es heureuse et plus tu es confiante, plus tu te sens heureuse. » Facile à dire. Je sens bien que j'analyse trop et que dès que j'entends une histoire sordide, je me dis que cela peut m'arriver. Je me doute bien que je me protège de quelque chose en étant aussi méfiante, il s'agit sans doute de la somme de toutes mes expériences conscientes et inconscientes. J'avais d'ailleurs « prévu » de vivre une vie merveilleuse et puis Louise est partie...

Sophie m'a un peu piquée au vif et je n'ai pas osé lui dire que, à l'inverse, elle n'était pas assez méfiante et beaucoup trop naïve. Elle reste tout de même attachiante.

Vers ce lieu enfoui

Un soir de décembre, un dossier bien caché en moi était sur le point de s'ouvrir. Nous arrivons à nous libérer du temps et à faire garder les enfants pour une soirée cinéma avec Thibaut. Nous sommes allés voir un film qui raconte l'histoire d'une jeune fille qui se fait harceler sur Internet et je ressors en pleurs. Quelque chose s'est réveillé en moi, de très douloureux que j'avais volontairement enfoui. Mon âme, avec la synchronicité de ce film qui ne relatait pourtant pas vraiment mon histoire, avait décidé que c'était le moment de faire remonter à la surface l'agression que j'ai vécue et oubliée lorsque j'avais quinze ans.

Nous étions en vacances en Bretagne avec mes parents, mes sœurs, mon oncle, ma tante et mes cousins. Dans un camping comme on les aime, où l'on a hâte de voir le planning des concours de pétanque, de l'aquagym et des soirées karaoké. Sans oublier Jacky qui vient t'emprunter ton tire-bouchon, Martine et Monique qui traversent le camping avec leur bassine de vaisselle en croisant Didier et son rouleau de PQ et Kelly qui va à la piscine montrer son plus beau maillot.

Moi, j'avais un maillot de sport gris parce que, à l'inverse, je voulais que l'on me voie le moins possible.

Complexée par ma petite poitrine et assez mal dans ma peau, je ne voulais pas passer pour une aguicheuse.

Ce n'était malheureusement pas un maillot magique qui rendait invisible puisque Daniel, notre voisin de camping, 40 ans, m'avait bien vue.

Il a commencé à la piscine par se mettre discrètement derrière moi à chaque fois que je prenais l'échelle pour en sortir, en émettant des gémissements dégoutants. Toujours lorsqu'il n'y avait personne à proximité bien sûr.

Il prenait l'apéritif avec ma famille, rigolait, leur montrait comment ouvrir des huîtres. La fin de mon envie d'huîtres.

Et moi je regardais avec le plus de détachement possible cet être au double visage, j'observais ce sourire forcé, ce visage changeant, ces yeux pervers. J'essayais de l'éviter un maximum car il me révulsait au plus haut point. J'avais une boule dans la gorge et dans le ventre à chaque fois que je croisais ce regard vicieux qu'il ne réservait que pour moi.

Un après-midi, alors que j'allais rejoindre mes cousins à la piscine, il est rentré dans notre chalet. J'étais terrorisée, je ne pouvais plus bouger. Il s'est approché de moi en gémissant comme il le faisait dans la piscine, a commencé à tirer sur mon paréo, m'a plaquée au sol, m'a touchée de partout. Je ne pensais à rien, j'étais prostrée, la seule chose dont je me rappelle c'est mon envie de vomir. Ma petite sœur Emma est venue chercher ses brassards mais ne nous a pas vus, je me souviens que ça a fait fuir Daniel. Ma sœur, cette héroïne malgré elle.

Mes souvenirs restent encore vagues, mon mental a préféré faire comme s'il ne s'était rien passé. Même lorsque j'ai reçu chez moi en rentrant de vacances une carte postale de sa part, montrant des dunes avec un mot « Elles me font penser à tes fesses ». Louise l'ayant vu et ne sachant pas ce qu'il s'était passé m'a dit : « Qu'est-ce que tu as fait pour qu'il t'écrive ça ? ». Le début du besoin de me camoufler et des cols roulés.

En farfouillant dans mes archives, j'ai l'intuition de regarder la vidéo où l'on voit Daniel, ce fumier de voisin, cette matière à compost, et je sors enfin tout ce que j'aurais dû lui sortir en face. De la colère, de l'agressivité, de la défense, que je n'avais pas dans toute la vulnérabilité de mes quinze ans et la Bisounourserie de la vie. Je l'insulte, je le tape, je pleure, je vomis. Le début de la libération.

J'ai vomi tous les jours depuis ce film qui je crois a fait remonter des dossiers inconscients à ma conscience. J'ai fait de grosses crises de colère, contre les enfants et contre Thibaut, les pauvres... Heureusement que Thibaut est très compréhensif.

Deux semaines plus tard, une nouvelle année commence. Je m'éclipse de la fête de réveillon avec les copains, je regarde la lune, je fais appel à Louise dans mon cœur, et je décide de ne plus être cette petite chose fragile sans défense. Le début de l'illusion.

<u>Quand l'appétit va, rien ne va</u>

Après un dimanche pas vraiment reposant avec toute la famille à la maison, le ménage à faire, les repas à préparer et les filles que je trouve plus agitées depuis quelques semaines, je me prends une lundigestion.

Pas envie de travailler. Je me sens moche, grosse, j'ai l'impression que je me néglige et que tout le monde s'en rend compte. Je suis encore jeune finalement, je ne suis pas encore bonne pour la casse même s'il y a peut-être un peu de carrosserie à retaper.

Au cours de mes deux grossesses, je me suis vraiment sentie épanouie et j'ai eu l'impression de m'autoriser à exister réellement dans un corps de femme, d'être complète. J'ai lu que pour Freud, le chemin qui mène à la féminité passe par la maternité ; c'est ce que j'ai ressenti pour ma part. Mais cela n'empêche pas les femmes qui ne peuvent pas ou ne veulent pas avoir d'enfants de trouver une autre voie vers la féminité. C'est précisément cet épanouissement que j'aimerais retrouver. Après tout, en quoi le fait de ne pas avoir des gremlins qui me poussent dans le ventre en permanence m'empêcherait de retrouver cet état d'épanouissement, ce sentiment de complétude, d'être vraiment moi-même, une femme ?

Je pense que mon métier ne m'aide pas non plus à retrouver cette féminité enfouie. De plus ce matin-là, j'ai accidentellement mis le déodorant de Thibaut et je me suis retrouvée à tapoter tous les murs que j'ai croisés en disant « c'est du placo » ! J'ai quand même évité le transpire en commun.

Le fait de porter un uniforme réputé « viril » et de travailler avec des « valeurs masculines » (courage, action, honneur, patrie, …) mettent en lumière ma part masculine. Je sais que je ne peux m'en prendre qu'à moi-même car j'ai étouffé toute seule cette féminité. Je ne fais d'ailleurs pas plus d'efforts que cela pour être féminine les jours où je ne travaille pas, à part pour Noël et les fêtes de famille lorsque je tente une sortie de jupe. J'ai parfois l'impression que la véritable essence de mon travail consiste à trouver ma place au sein d'un lieu très stéréotypé dans lequel une femme qui s'y trouve au mieux étonne, et au pire agace. J'ai souvent droit à des petites remarques sexistes sous couvert de l'humour et bien sûr de la drague, enfin de la « dragounette ». Parmi mes collègues, il y en a bien évidemment beaucoup qui sont plutôt bienveillants. C'est simplement un sentiment d'avoir besoin de faire deux fois plus mes preuves qu'un homme pour me sentir plus légitime et prouver que je mérite mon poste. Alors, toujours aux aguets, je m'efforce de rebondir avec tact sur chaque remarque pour ne pas me laisser dévier sur un espace non professionnel, parce qu'au commissariat, j'ai l'impression que la voix d'une femme ne semble pas avoir de valeur si ce n'est pour avoir mon avis sur comment enlever une tache sur leur chemise. J'exagère un peu mais à peine.

Je me mets à réfléchir sur le fait que l'on doive logiquement passer de « fille » à « femme ». Pourtant en occident, la majorité des femmes d'aujourd'hui, même devenues adultes, se considèrent souvent encore comme des « filles ». C'est même difficile pour elles de dire qu'elles sont des « femmes » car la culture occidentale ne nous apprend pas à devenir des femmes, elle nous apprend à devenir… des hommes. Peut-être parce que l'on considère que les femmes ne disposent pas de pouvoir propre et qu'elles doivent imiter celui des hommes pour en posséder un. Car il faut être des femmes indépendantes, fortes, qui réussissent professionnellement, qui se battent, qui n'ont peur de rien et qui n'ont besoin de personne, encore moins d'un homme.

Je ressens le besoin d'une aide extérieure. Louise me manque terriblement, le dossier Daniel fait encore mal, l'image que j'ai de moi est catastrophique et je culpabilise tout le temps à l'idée de ne pas être une assez bonne mère.

J'ai alors l'idée de contacter Mathilde dont j'ai trouvé la carte à la boulangerie de maman. Elle propose des soins énergétiques à distance. J'ai eu de bons échos sur ses soins et me lance dans un mail où je raconte ma vie. La pauvre elle a eu le droit à un mail long comme un jour sans chocolat ! Faut dire que parfois je suis tellement bavarde qu'il m'arrive de me couper moi-même la parole.

Elle m'a répondu le message suivant :

« Je ne peux rien promettre, rien affirmer. Chacun est différent et réagira de manière différente. Comme je le dis très souvent, je n'ai pas de baguette magique qui résout les soucis. Je ne garantis ni résultat, ni guérison. La seule chose que je puisse promettre c'est de faire du mieux possible pour le bien de la personne, et parfois le bien de la personne n'est pas forcément là où elle le pense. Parfois il arrive aussi que je ne puisse rien faire. Chacun a son propre chemin à suivre. Dans ce cas, je le dis en toute honnêteté et je ne continue pas.

Il y a une chose à savoir et pour cela j'aime bien utiliser la comparaison avec une voiture en panne de batterie : pour redémarrer la voiture en panne, on utilise une autre voiture que l'on relie avec des câbles.

La seconde voiture donnera l'impulsion nécessaire au démarrage mais c'est la voiture elle-même qui finira de recharger la batterie en roulant.

C'est la même chose avec les soins énergétiques. Je transmets l'énergie nécessaire, l'impulsion qui va permettre à la personne de prendre sa vie en main, de résoudre un problème, de mettre en route ses propres forces d'auto-guérison. Sache que ta capacité à guérir dépendra de ta propre foi en toi-même plus qu'en ma capacité de guérir en agissant par ton intermédiaire !

En résumé, je ne fais que te transmettre l'énergie et c'est toi qui fais tout le travail ensuite. Il faut savoir aussi que l'énergie transmise agit en général tout en douceur. Il faut donc un peu de recul pour se rendre compte que quelque chose a changé.

Un jour, face à une même situation, on se dit : « Tiens, je n'aurais pas réagi ainsi il y a dix jours » et on se rend compte du chemin parcouru.

Ou alors on s'aperçoit tout d'un coup que quelque chose qui nous prenait la tête n'a plus la même importance.

Une dernière chose : je ne peux pas aller plus loin que ce que tu m'autorises. L'énergie ne forcera rien.

Elle n'ira pas au-delà de ce que tu peux gérer. Alors même si parfois elle provoque quelques turbulences émotionnelles, c'est toujours quelque chose qui n'est que passager et que tu peux voir en face et gérer ».

Elle a indéniablement su trouver les mots pour me rassurer alors je me lance : nous programmons le soin deux jours plus tard. Le début de l'épluchure des couches d'oignon.

À l'heure du soin que l'on s'est fixé, je m'allonge dans mon canapé puisqu'il s'agit d'un soin à distance. J'essaie de savoir si je vais avoir le temps d'étendre ma machine et de passer prendre du pain avant d'aller chercher Romy à la crèche.

Tout à coup, je me suis sentie très détendue, je crois même que je me suis endormie à deux reprises. J'ai ressenti une boule dans la gorge et dans le ventre et une très forte envie de pleurer. J'ai souvent le cœur qui se serre (comme avant de passer un examen) et cette sensation était vraiment amplifiée.

Les yeux fermés, j'avais l'impression de voir très loin et que tout allait très vite avec beaucoup de couleurs.

Et puis ensuite, fait très rare, je me suis vue plutôt jolie dans mon demi-sommeil. Je me suis alors dit : « Un jour, je serai une femme glamour et sûre d'elle ». Mais pas aujourd'hui, car aujourd'hui je bave pendant la sieste.

Voici son retour de soin :

Le premier ressenti qui s'est imposé, c'est une sensation de poids sur l'estomac.

Pas sur l'organe en lui-même, mais plutôt comme un évènement qui n'est pas digéré, réglé ou intégré. Quelque chose qui te pèse.

Puis est venu un fort sentiment de tristesse, de vide, accompagné d'une envie de pleurer. L'impression d'une boule dans la gorge comme quand on est au bord des larmes mais que ça ne sort pas.

Ensuite, j'ai ressenti très fort le besoin d'être prise dans les bras, « maternée », de me laisser aller, de retrouver le sentiment d'être protégée, réconfortée et aimée sans condition.

Peut-être que ta grande sœur t'apportait une partie de ce qu'il te manque, une complicité, une certaine tendresse, la compréhension.

J'ai toujours cru au soin à distance, mais pour une première expérience, j'étais vraiment surprise par la puissance des énergies et par la véracité de ses propos.

Je continue ensuite régulièrement les soins avec Mathilde, en espaçant les séances selon ses conseils d'au moins 21 jours au cours desquels j'ai de plus en plus de ressentis. Chaque soin « m'assomme » et je ressens souvent des points au creux des mains avec une sensation de chaleur, de fourmillement et une grande force qui remonte dans les bras à tel point que j'arrive tout juste à taper mes rapports de police.

J'ai également souvent des « flashs » de certains moments de ma vie qui me reviennent sans prévenir. Par exemple, une grosse dispute avec Louise lors d'une des tournées de distribution du courrier avec papa, des moments heureux avec mes sœurs ou mes copines, je ressens même des odeurs d'enfance qui surgissent sans que je parvienne à les identifier et qui disparaissent aussi rapidement qu'elles sont apparues. Mathilde me dit que l'énergie agit comme un révélateur et met en lumière différents moments pour que je puisse avancer, ce sont des indications sur ce que l'on a transcendé. Il se peut aussi que ce soit le 'moi' du futur qui vient parler au 'moi' du passé pour me rassurer. Les flashbacks émotionnels font partie du chemin parce que je lâche du lest sur certaines choses du passé. Je n'ai pas besoin d'y réfléchir, le travail se fait au niveau inconscient et énergétique.

Elle me rappelle que cela ne sert à rien de trop comprendre et de ruminer le passé : « Si le pare-brise est plus grand que le rétroviseur, ce n'est pas pour rien ! C'est pour mieux voir devant et peu derrière. Personne ne va te rendre heureuse et personne ne va te rendre malheureuse non plus ; c'est ta perception, change tes pensées et tu changeras ta réalité, là où tout peut débuter. En se déclarant responsable, on se donne le pouvoir d'agir, personne ne te dira comment vivre car personne ne mourra à ta place. »

Le début de la magie.

Il me faut faire exploser cette cage que je me suis fabriquée, mais ce vide intérieur est tellement béant qu'il me fait peur. J'ai décidé tout de même de l'affronter et, forte des conseils de Mathilde, je me connecte à lui en l'observant, sans jugement, et en ne m'identifiant plus à lui. Elle me dit que je ne m'imagine pas le nombre de personnes qui ressentent ce vide en eux, parfois même sans en avoir conscience.

En se connectant au vide, on contacte le plein. Je l'accueille comme un ami jusqu'au cœur de mes cellules et je ne tends plus à être quelqu'un d'autre que moi-même. Je décide de ne plus attendre que qui que ce soit le comble : ni Thibaut, ni le fromage, ni le chocolat. Je l'ai longuement lue à toutes les sauces cette histoire de s'apporter tout ce dont on a besoin mais je la comprends vraiment aujourd'hui. Je me suis intéressée aux autres pour ne pas m'intéresser à moi, par peur d'être seule, de mes émotions, de mes peurs… Le fait de toujours être dans l'action m'a permis de ne jamais « être », pour pouvoir fuir les moments où je me sentais seule avec ce vide et pouvoir me couper de lui. Finalement, je pense que l'on prendrait de grands raccourcis en essayant d'être et ne pas faire plutôt que de faire et ne pas être.

Je sens qu'une longue histoire d'amour avec moi-même commence, mais à la différence de la plupart des histoires d'amour, la rencontre se fait dans l'inconfort et le dénouement s'annonce prometteur puisque je ne pourrai plus jamais me quitter ni me manquer.

En attendant, je continue d'évacuer mes émotions lourdes, je ferme les yeux, recherche où se situe l'émotion dans mon corps, rassemble tous les morceaux de cette émotion en un seul lieu, le lieu de l'alchimisation de toute chose : mon cœur. Je lui parle : « Souffrance je te reconnais, je t'accepte, je te laisse me traverser et je te libère dans l'amour, maintenant et pour toujours ». Une émotion, c'est finalement comme une personne qui vient toquer à notre porte et qui ne partira pas tant qu'on ne lui aura pas ouvert, et plus l'on attend, plus la confrontation sera violente... On ne devrait jamais oublier de s'écouter.

Je remarque que les libérations commencent à être efficaces puisque j'ai beaucoup moins le cœur qui se serre lorsque je vois des femmes très proches de leur grande sœur. Je vois aussi un changement sur mes enfants qui ont l'air plus calmes. Apparemment, si la maman fait aussi une ou deux séances lorsque son enfant a un souci, les progrès de l'enfant sont très rapides. Je n'avais pas commandé ça mais je prends ! Et je ne sais pas si c'est lié mais j'étais contente d'avoir osé être plus féminine à l'occasion du bal des pompiers. Bon, la prochaine fois je vais modérer un peu : rouge à lèvres, jupe courte, haut à dentelle. Heureusement que je ne suis pas arrivée en camionnette ! Non, je ne suis pas bizarre, je suis une édition limitée.

La liste de Juliette

Après quelques jours d'inconfort, je sens que ce soin m'a fait du bien. J'ai le cœur moins lourd et je le ressens vraiment physiquement : je me sens plus légère (j'ai même perdu deux kilos dans le mois qui a suivi), j'ai plus le cœur à rire, à être spontanée et nous vivons de bons moments en famille. Thibaut regarde encore le film des Bronzés avec Christian Clavier, Anna joue sur son piano et moi je suis devant le PC, comme ça on est tous sur notre clavier !

Tant que je reste sur du traitement de texte, ça me va.

J'ai lu un article sur les bienfaits d'écrire ce qui nous apporte du bien-être et du mal-être et de se concentrer sur ce qui nous fait du bien. Je n'avais encore jamais pris le temps de le faire parce que des listes, j'en fais tout le temps, que ce soit dans ma tête ou simplement pour faire des courses. Donc il s'agit de deux listes : une des choses que j'aime faire, qui remplissent mon petit cœur de joie, et une autre des choses que je n'aime pas faire et qui ne me donnent pas le smile après les avoir faites. Je fais en sorte de braver mon inconfort devant l'ordinateur pour faire la « Tout doux liste » !

Ce que j'aime faire :

- Me balader en forêt, passer devant des chevaux, me poser, repartir, prendre mon temps

- Prendre un bain avec des bougies, du sel et de la musique

- Lire des livres inspirants

- Prendre soin de moi (jus de légumes, gommage, masque, etc.)

- Méditer

- Danser

- Passer du temps de qualité avec mes enfants

Ce que je n'aime pas faire :

- scroller sur les réseaux sociaux, je ne ressens bizarrement pas la phobie du clic pour ça, je me rends compte que je perds énormément de temps dessus et ça ne m'apporte pas plus de plaisir que ça

- être avec des gens qui m'ennuient

- l'informatique

- procrastiner

- marcher sur des poupées oubliées

Je garde cette liste dans la salle de bain de manière à la voir régulièrement, à me focaliser sur ce qui me fait du bien et à éviter ce qui ne me sert à rien. J'ai gardé de la place pour la compléter au fil des jours car il y a certainement plein de choses qui vont venir débouler dans mon quotidien. En attendant, je décide de passer un maximum de temps à réaliser la première et à éviter de perdre mon énergie avec la deuxième.

J'ai ensuite commencé à me donner de bonnes habitudes et à ne pas larver sur les réseaux sociaux ou devant une émission de télé pourrie. Dès que je commence le soir à sortir mon téléphone, je le pose et je reprends la liste de ce que j'aime faire. Malgré mon emploi du temps assez dense, j'ai pris un bain, je me suis chouchoutée, j'ai dansé sur ma playlist favorite ou j'ai médité (quand mes pensées arrivent à se calmer). Le seul fait de faire des choses de ma liste me donne confiance en moi car j'ai l'impression en faisant cela de respecter mes besoins et de me prioriser. Et quand il s'agit de mes besoins, j'imagine un rocher qui ne bouge pas d'un millimètre, solidement ancré. Après tout je le mérite bien ! Je me rends compte que lorsque je reporte au lendemain ce que j'avais prévu de faire, ça affecte ma confiance en moi.

Il me faut la motivation pour continuer, mais c'est tellement agréable que je pourrais bien y prendre goût. Par contre, j'ai commencé à me lever une heure plus tôt mais j'ai vite oublié.

Seule au monde

Le quotidien continue : mambo, marmots, boulot, dodo. J'essaie de conscientiser chaque matin mon niveau énergétique en lui donnant une note de 1 à 10. Je ne cherche pas à mentaliser, à comprendre ni à expliquer. Je pars juste de cette note et j'imagine un grand variateur au niveau de mon cœur et je l'augmente en utilisant ma respiration comme si on augmentait la lumière d'une pièce et je démarre ma journée plus sereinement. Je n'attaque plus la journée, je l'embrasse !

Un jour, je passe faire quelques courses au supermarché. Pour une fois, j'avais un peu de temps et je venais d'avoir mon salaire donc je fais mes petites courses sereinement direction le rayon fruits et légumes pour avoir l'esprit serein de la maman qui achète des bonnes choses à ses enfants. Soudain un homme avec une veste de survêtement violet et un pantalon en velours côtelé vert se jette sur un des deux melons que j'avais en main, arrache l'étiquette et part en courant, pris d'un rire maniaque et effrayant : j'ai su plus tard que je venais de rencontrer mon premier cucurbitaciste (fétichiste des étiquettes de melon). Là, je me suis dit que le monde ne tournait pas rond, pas aussi rond qu'un melon en tout cas. Puis, dans un autre rayon, j'ai entendu un petit garçon dire à sa maman qu'il avait vu des fantômes pendant la nuit et sa maman lui répondre que les fantômes n'existaient pas. Je ne pourrais pas dire pourquoi mais j'ai eu un pincement au cœur pour ce petit garçon qui détient après tout peut-être la vérité et qui a certainement reçu la peur de sa maman. On dit bien que chaque chemin de vie est juste, j'ai fait un grand sourire à ce petit bonhomme plein d'interrogations en sachant qu'il trouvera plus tard lui-même la réponse à ses questions. Et je me suis dit que tout était parfait.

Sacrifice

Il y a des jours où je ne me sens pas bien sans arriver à expliquer pourquoi. Mais après tout pourquoi vouloir expliquer avec des mots ce que je ressens ? L'épluchage des couches d'oignon continue, amenant ses libérations, son bien-être, sa grandeur, puis on passe sur une couche suivante. Quand on le sait on se décourage moins, j'aurais voulu le savoir plus tôt.

Je tombe un jour sur une jolie phrase : « le mental raisonne et le cœur résonne ». Quand le cœur prend sa véritable place, il entraîne, à l'inverse du mental, un recentrage et un retour au calme intérieur. J'intègre cela profondément en moi, je le comprends, je le perçois, j'essaie de centrer mon attention sur mon cœur et de me concentrer sur ma respiration mais parfois il faut bien l'admettre, la tête prend le dessus.

Au cours de cette période, j'ai beaucoup réfléchi à mon « pouvoir », au fait d'inconsciemment faire passer les besoins des autres avant les miens par peur de passer pour une égoïste, une mère indigne, une fainéante et j'en passe. J'essaie de remonter le cours du temps pour revenir à ce moment où mon pouvoir ne dépendait que de moi, pour me souvenir comment je faisais, mais aussi pour savoir que c'est encore possible. Et cela remonte à très loin, c'est-à-dire à l'enfance. Des paroles d'une chanson me reviennent alors en tête : « Je suis restée qu'une enfant qui aurait grandi trop vite ». Et bien assez vite ensuite après le départ de Louise.

J'ai l'impression de gérer beaucoup de situations qui font plaisir aux autres mais qui ne me font pas spécialement plaisir, voire qui me font souffrir. Par exemple au travail, je m'entends dire « Pas de soucis » alors que j'ai une immense envie de dire « J'ai le cœur sur la main mais elle peut aussi vite arriver dans ta gueule ». Mais je ne dis rien. Les plaintes s'accumulent sur mon bureau et dans ma tête de Calimero et les autres partent avant moi rejoindre leur vie de famille. Pas facile de dire non lorsque l'on a l'habitude de faire pour les autres avant de faire pour soi.

Mathilde me dit que ce n'est pas de l'égoïsme de dire non.

« Si tu es bien avec toi-même, si tu es en accord avec ce que tu fais, c'est là que tu donneras le plus et tu t'en trouveras gratifiée parce que tu auras fait les choses avec ton cœur et pas avec ta tête ou pour respecter des conventions sociales. Si quelque chose te fait souffrir, te blesse, dis-le ! La personne en face comprendra... ou pas... mais à ce moment-là, ce sera son choix à elle de le prendre mal. Tu as de la valeur telle que tu es, donne-toi la permission de kiffer ta vie sous toutes les formes dans tous les domaines sans avoir de prix à payer. N'aie pas peur de perdre des personnes, aie plutôt peur de te perdre toi-même en essayant de plaire à tout le monde.

Je pense personnellement que nous sommes tous UN, dans un corps certes différent mais animé par la même énergie universelle. En partant de ce principe-là, si tu t'écoutes et que pour toi c'est 'Non', alors ce sera ok pour elle aussi, même si son mental s'énerve et pense le contraire. Ne fais pas ta vie en fonction de ce que tu penses que l'on attend de toi, cela engendre des frustrations et un étouffement, tu te déconnectes de ta petite voix car tu n'entends que celles des autres. »

Ces phrases ont résonné encore longtemps en moi et m'ont amenée à penser à la nécessité de ne pas vouloir rentrer à tout prix dans le moule de l'autre, car beaucoup se plient en deux pour rentrer dans un moule qui n'est pas le leur afin de faire plaisir et d'obtenir de l'amour. Et à force de vouloir rentrer dans le moule, on devient tarte. C'est comme de rentrer notre pied dans une chaussure qui n'est pas à notre pointure : ça nous fait souffrir et ça nous rend idiot. Et Cendrillon est la preuve qu'une chaussure adaptée à son pied peut changer une vie !

Finalement, moi qui ai l'impression parfois de me faire manipuler par les autres, n'est-ce pas aussi de la manipulation que de vouloir être une autre personne pour faire plaisir aux autres ?

Famille nombreuse

Nous réfléchissons avec Thibaut à l'idée d'avoir un troisième enfant bien que nos rythmes soient vraiment soutenus et que nous n'avons pas beaucoup de temps à deux. Moi, j'ai toujours eu l'envie d'avoir quatre enfants, tout comme mes parents. Une grande famille nombreuse avec une grande tablée qui aurait pu être encore plus nombreuse si Louise avait été encore parmi nous. Je voulais donc avoir au moins trois enfants, ça c'était mon rêve de petite fille. Le rêve de la maman que je suis aujourd'hui est de dormir et d'avoir le temps de s'épiler les jambes.

Le grand pardon

Je décide de me faire mon propre cadeau d'anniversaire pour mes 30 ans, ainsi je ne prends pas le risque d'être déçue et d'en vouloir à mes proches le jour de mon anniversaire. J'ai pris rendez-vous avec une magnétiseuse, Sandra, dont Sophie me parle souvent.

J'aime ne pas faire jouer le mental et ne rien lui dire de mon vécu du moment pour voir ce qu'il se joue réellement dans mes énergies. Elle m'a dit spontanément qu'il fallait que je coupe avec la notion de sacrifice, que je me suis certainement incarnée en demandant à ouvrir mes dons uniquement lorsque mon cœur serait assez ouvert et mon âme souhaite d'abord que je me retrouve.

Nous avons beaucoup discuté de la notion de don ; je m'interroge beaucoup sur le fait que certains aient des dons et d'autres non. Elle m'a dit que nous avons tous des dons : « tu es humain, tu as des dons, point ». La différence réside dans ce que chacun est venu expérimenter sur Terre, toujours en vue de pouvoir évoluer. Il suffit d'écouter ses envies. Quelqu'un qui aura très envie de jouer du piano en jouera, se perfectionnera et développera ses dons. De même pour la cuisine, le sport, les mathématiques... Et également pour les dons que l'on peut avoir au niveau subtil. Si les énergies ne t'intéressent pas du tout, ne te force surtout pas à essayer de développer quelque chose pour satisfaire ton ego et prends plutôt un raccourci en développant quelque chose qui te plaît vraiment. L'envie est ta boussole.

Sauf que moi je ne souhaite rien développer de particulier ! Je suis juste fascinée par l'invisible. Elle me conseille donc de méditer sur l'infusion de lumière et d'amour en moi et de demander de l'aide (avant de me coucher pour pouvoir le recevoir pleinement) ou en me laissant aller juste après une méditation car on donne à ce moment-là plus d'espace à nos pensées. Elle a ressenti également des chants et des sonorités indiennes. C'est peut-être pour ça que je me sens bien en présence de Jai qui est d'origine indienne.

Elle me dit que j'ai été guérisseuse dans d'autres vies et que mes liens karmiques se sont faits avec la notion de sacrifice car pendant une de mes vies, j'ai soigné quelqu'un qui est mort et dans une autre, j'ai tué intentionnellement pendant une guerre durant laquelle je suis moi-même morte. Il me semblait bien que j'avais un côté connasse. Elle me dit que je porte toutes les mémoires de guerre et de culpabilité d'avoir tué. La revoilà encore elle, cette fichue culpabilité.

Elle raconte que nos expériences des différents plans de conscience dans « l'après-vie » ou « l'entre-deux incarnations » représentent une forme d'éducation, alors que les incarnations terrestres nous permettent de mettre en pratique les leçons apprises. Je m'imagine en train d'apprendre sur un nuage, dans une forme sans corps, et être ensuite aspirée sur Terre dans un corps physique afin de passer l'examen de contrôle.

Police, vos papiers s'il vous plaît, contrôle d'évolution !

Il est urgent que je me pardonne moi-même d'avoir eu l'idée farfelue de m'imaginer comme imparfaite et limitée. Je dois me réveiller de ce profond cauchemar et me rendre compte que je n'ai jamais été séparée de ma lumière puisqu'on ne peut pas être séparé de ce que nous sommes, on peut juste avoir l'illusion de la séparation.

J'aimerais quand même savoir qui a eu l'idée de cette énorme chasse aux trésors où personne n'a de cartes pour s'orienter et où la plupart des joueurs ne savent même pas qu'ils sont dans le jeu.

Elle m'a fait faire un rituel de pardon sur ces mémoires en me demandant de répéter trois fois à voix haute et en conscience : « Je demande aux mémoires erronées qui sont à l'origine de mes sacrifices de s'effacer de mon inconscient ».

J'ai vu des mains très lumineuses monter de ma tête jusque très haut sans pouvoir dire où, c'était magique !

Il faut que je garde confiance en mon pouvoir ! La source est mon boss.

J'écoute encore la chanson « Je veux du soleil » et je m'endors avec le sourire.

Le lendemain, j'apprends que je suis enceinte.

L'imprévu

Cette grossesse n'était pas prévue car nous n'avions pas envisagé avec Thibaut d'avoir d'autres enfants mais la nature en a décidé autrement. Nous décidons donc de le garder ; je ressens beaucoup d'angoisses pendant les jours qui suivent, je me questionne beaucoup sur notre future organisation, sur ce que je vais devoir arrêter de faire, et je me sens très égoïste. Je crois que je n'avais pas assez prévu l'imprévu. Moi qui ai toujours adoré être enceinte, je ne me sens pas comme d'habitude, je sens qu'il y a quelque chose qui cloche.

Une semaine après, je fais une fausse couche.

J'ai beaucoup culpabilisé... encore ! S'il y avait une carte de fidélité de la culpabilité là-haut j'aurais sûrement droit à quelques pizzas gratuites.

Mes copines me disent que « la nature est bien faite » puisque je ne savais pas comment j'allais pouvoir m'organiser, etc. Sauf que j'ai trouvé mon attitude très égoïste et qu'au final je me voyais bien avec mes trois enfants sans vouloir me l'avouer.

Cinq mois après, je tombe à nouveau enceinte, cette fois en le désirant vraiment.

Maman, j'ai arrêté les méchants !

J'ai longtemps échangé avec Sandra au cours de cette grossesse. Ces nouvelles perceptions de la vie m'ont permis de vivre une grossesse sereine, même si c'était une sérénité relative avec deux petites filles dont je dois m'occuper. J'ai heureusement pu m'arrêter de travailler assez tôt et j'ai pris le temps de me reposer. Ça m'a fait du bien de poser un peu ma tête et de regarder des conneries à la télévision pendant que les filles étaient à l'école comme Enquête Exclusive où on nous fait croire que Palavas-les-Flots est devenue l'Afghanistan et que les forces de l'ordre sont débordées.

Il manquait donc un dernier participant à la fratrie. Le casting a été serré mais on a trouvé la perle rare. Ou c'est plutôt lui qui nous a trouvés. Léo vient compléter la famille. Un garçon ! Tout le monde est enchanté et un peu surpris de ce costume trois pièces qui vient bouleverser joyeusement la famille.

Bien entendu la peur que l'hémorragie recommence une troisième fois était bien présente. J'ai tout fait : tisanes de feuilles de framboisier, acupuncture, méditations, livres… Une sage-femme un peu sorcière m'a dit que si je faisais des hémorragies, c'est parce que je sortais de mon corps en même temps que le bébé. Intéressant, ça me fait tilt tout de suite.

Le jour magique arrive, on repart sur 36 heures de contraction, pourquoi changer ?! Je suis complètement bloquée pour tout examen, ayant les souvenirs des douloureuses « explorations à la Poutine » qui reviennent. Je m'entends dire à la sage-femme : « Pas la peine de m'examiner, on verra bien quand il va sortir ! ». Au moment où les contractions sont très fortes, je me colle les patchs que l'acupunctrice m'a donnés, sur les orteils selon ses conseils. De toute façon, j'étais prête à me les coller n'importe où ! Lorsque Léo arrive dans mes bras, je respire de bonheur. Je me vois inspirer et expirer naturellement dans mon corps. Comme si mon inconscient avait compris que je n'avais pas besoin de partir dans une autre dimension. Pas d'hémorragie. Quoi ? C'est tout ? On s'arrête là les gars ? On se ferait presque chier après un accouchement. J'ai donc eu le temps de me demander pourquoi les testicules sont-elles synonymes de force et le vagin de faiblesse ? En sachant qu'un simple coup de pied entre les jambes envoie les mecs sur les genoux et que des vagins peuvent expulser un être humain tout entier ? Bref, je ne me suis pas ennuyée longtemps.

Anna et Romy sont venues lui apporter un doudou en forme de poulpe qu'elles ont appelé Poulpi. C'était magnifique de les voir tous les trois et j'ai eu l'impression que les filles avaient pris 10cm d'un coup. Le cœur qui explose d'amour et le début du surmenage.

Allo maman, ici bébé

Couches, pleurs, lait caillé sur l'épaule, douze heures pour vider un lave-vaisselle, l'impression d'avoir plus de cernes que de seins… La fin de ma vie de femme.

Mais je suis contente : je dors huit heures mais ça me prend trois nuits. J'ai d'ailleurs rajouté « dormir » dans ma liste des choses que j'aime faire. Sophie et Flo savaient que j'étais fatiguée mais pas à ce point ! Elles m'ont d'ailleurs bien remonté le moral quand elles sont passées me voir un dimanche matin avec des croissants, même si Flo n'a pas pu s'empêcher de me dire : « Vu ta gueule ce matin, j'espère que ta beauté intérieure va vite prendre le relais ».

Sauvez Willy

Je me sens grosse. Logique ! Nous sommes sur la plage et on dirait que je suis entourée de femmes qui n'ont jamais eu d'enfants. Me voilà en train de manger un beignet avec mes trois nains bombardés de crème solaire. Les deux grandes se disputent la seule pelle qu'on a eu l'idée d'apporter et l'instant suivant, ne me voyant apparemment pas souvent avec le ventre et les cuisses apparentes, elles appuient sur mes bourrelets d'un air fasciné. Léo a quatre mois et je viens de finir de l'allaiter ; j'avais besoin de retrouver mon corps et mes soutiens-gorge. D'ailleurs, j'ai mis mon maillot de bain bandeau, je pensais que c'était classe mais avec mes petits seins, mon bronzage va plutôt ressembler à un sens interdit. J'ai toujours été complexée par ma petite poitrine, comme s'il me fallait avoir du monde au balcon pour être féminine. Donc, les gens qui me gonflent, soyez sympas : la prochaine fois, visez mes seins !

Et en bas c'est gras, c'est gros, c'est moche.

Je me rends compte que je mange pour combler le vide qui m'habite encore - même s'il est moins béant - pour étouffer ma souffrance, pour m'apaiser. Je crois que je mange parce que je ne sais pas vraiment comment pleurer. Je suis dégoutée par ma faiblesse et par mon corps, mais à nouveau, chaque jour j'ai tellement faim. J'ai faim avec plus de colère, plus de peine, plus de honte, plus de culpabilité, plus de découragement. Les maux de la faim. C'est comme si je me punissais. Au lieu d'apprendre à m'aimer, à ressentir ma peine, à l'exprimer, à comprendre ce que je vis, je m'étouffe par la nourriture, j'étouffe aussi ma fragilité et ma féminité. Chaque kilo perdu et chaque kilo gagné est le reflet de ce que je traverse. Cette problématique est tellement ancrée en moi maintenant que la première chose que je me dis quand je regarde une femme en surpoids, c'est : « Par où est-elle passée ? » et pas « Mais qu'est-ce qu'elle a bien pu manger ? ». Une femme devrait voir dans son miroir le résultat de toutes les fois où elle s'est relevée après un coup dur, voir sa force. Et pourtant même si je me trouve grasse, je suis loin d'être obèse. Mais le mal-être ne se mesure pas en calories. Ni la valeur ni la volonté d'une femme.

Après tout, si une femme a le pouvoir de créer la vie, elle doit bien avoir aussi le pouvoir de créer la vie qu'elle désire.

Je profite des vacances pour m'acheter un livre sur le pouvoir des pensées en espérant avoir le temps de le parcourir. Cela parle du processus de programmation de notre cerveau qui fonctionne ainsi :

Croyances → Pensées → Émotions → Actions → Résultats → Croyances

Ils donnent un exemple sur le cercle vicieux des croyances :

<u>Croyance</u> : « elle pense qu'elle n'est pas désirable »

Pensées : « parce qu'elle se trouve trop grosse »

Émotions : peur, honte, dégoût de soi, ...

Actions : elle cache son corps, elle se replie sur elle, elle est jalouse, stressée que son compagnon la quitte, ...

Résultats : son mari lui dit qu'elle se néglige, qu'elle fait toujours la tête, qu'elle est hystérique dès qu'une femme s'approche de lui

Croyance : « elle pense qu'elle n'est pas désirable »

Et la boucle est bouclée ! La croyance se renforce au fur et à mesure des expériences jusqu'à devenir notre identité. Et je me reconnais dans le mal-être et la méfiance de cette femme.

Pour changer ce cercle vicieux, il faudrait faire intervenir la loi d'attraction sur nos pensées et nos émotions afin de reprogrammer notre subconscient et ainsi manifester une nouvelle identité.

Croyances → **Pensées** → **Émotions** → Actions →

Résultats → Croyances ------------------------------------>
Identité

C'est pour cette raison que les gens n'arrivent pas à changer, parce qu'ils se concentrent sur les actions à changer (ex :

arrêter de manger du fromage) pendant qu'ils conservent les mêmes pensées d'un jour à l'autre (ex : je veux du fromage).

C'est là qu'intervient la contre-pensée positive.

Exemple :

Si cette femme se surprend à penser : « Je suis grosse. »

Elle va corriger mentalement cette pensée en un « J'ai un corps de ouf ». Même si elle ne le pense pas « Joue le jeu jusqu'à changer de Je ! ». Il faut commencer à se considérer comme le top du top et agir comme tel dans la vie de tous les jours comme si l'on jouait un rôle d'actrice. Peu importe si cela est vrai, petit à petit, cela viendra se greffer dans notre subconscient car le cerveau ne fait pas la différence entre le réel et l'imaginaire et nous commencerons à incarner naturellement cette énergie, jusqu'à être convaincue d'avoir un corps de ouf. C'est le pouvoir de la manifestation.

La recherche a également montré que les humains prenaient plus en compte les paroles négatives que les paroles positives et qu'il fallait cinq affirmations positives pour « annuler » une seule affirmation négative.

Il convient donc de répéter cinq fois la phrase positive de correction lorsqu'on nous a mal parlé ou lorsque l'on se parle mal à nous-même.

Voilà ce que j'ai pu retenir entre vingt-quatre tartines, trente-deux gonflages de brassards et plusieurs tours de vélo bien animés. Le plus dur étant de repérer mes pensées négatives, ensuite je percute la croyance. Quand Thibaut m'a vue me regarder dans la glace en me répétant : « j'ai un corps de ouf » cinq fois, il s'est moqué de moi en rigolant.

Je me suis quand même acheté une crème « Goodbye cellulite » en faisant les courses, on verra bien.

Le facteur temps est important. Quand je vois que je me décourage, je recommence en essayant de ne pas me blâmer. Il me faut relativiser : mes fesses ne grossissent pas non plus à vue d'œil dès que je mange un gâteau au chocolat. Tout comme l'on a besoin de temps pour s'habituer à la lumière lorsque l'on ouvre un rideau et que le soleil nous éblouit.

Le changement prend du temps, Mathilde m'a d'ailleurs dit qu'il faut 21 jours pour que le corps prenne une habitude, que ce soit pour du négatif comme du positif.

Deux semaines après, je crois que ma cellulite ne comprend pas l'anglais mais j'ai l'impression que mon image de moi est meilleure et j'ai quand même perdu un kilo.

Femmes d'exception

Ma sœur Fanny vient d'avoir son premier bébé, un petit garçon qui s'appelle Joris. Je suis trop contente d'être tatie pour la première fois, les câlins en bonus et les pleurs en moins, et que Léo puisse avoir un cousin de son âge. J'emmène Louise avec moi dans mon cœur pour aller voir cette merveille à la maternité et puis ensuite chez elle, après m'être assurée qu'elle avait passé le premier cap « chutes d'hormones, de cheveux et de ventre ».

Elle est tombée sur une sage-femme un peu bizarre qui lui a remis Joris sur son ventre au moment de la naissance, en lui disant : « Vous allez voir il a une petite particularité ».

Et puis elle est partie laissant ma sœur en panique. Elle s'est dit qu'il avait peut-être un troisième téton ou une corne sur le front. Une femme donc avec beaucoup de diplomatie vis-à-vis d'une maman qui vient d'avoir un bébé. Il avait en fait un angiome sur la jambe en forme de cœur. Ce petit bonhomme est arrivé sur Terre en ayant déjà tout compris.

Malgré sa fatigue apparente, Fanny était un vrai moulin à paroles ! Il fallait presque que je me concentre pour suivre son débit. C'est comme si elle se parlait toute seule pour déverser un peu son anxiété sur son nouveau rôle de maman et à un moment donné, le mot culpabilité est tombé. Je l'ai relevé. On en a beaucoup discuté. La jeune femme en face de moi, qui avait fait un effort surhumain pour se maquiller, s'épiler et même se mettre du vernis sur les ongles de pieds pour recevoir des visites toute la semaine, qui venait de vivre un accouchement éprouvant et qui doit s'asseoir sur une bouée tellement elle a mal (la seule bouée trouvée étant une bouée avec un canard au bout), qui vient de devenir mère, qui allaite son bébé, qui répond à ses besoins jour et nuit et qui a opté pour les couches et les lingettes lavables, se sentait coupable. Cette femme qui vivait peut-être le plus grand chamboulement de sa vie, qui dormait trop peu, qui mangeait debout et oubliait de se doucher se sentait coupable. Elle assurait comme une reine, et elle se sentait coupable !

Alors je lui ai dit qu'elle avait déjà tellement à gérer qu'elle n'allait pas non plus se mettre sur le dos le sac « culpabilité ». Et se mettre à culpabiliser d'avoir ressenti de la culpabilité, stop ! Ok ça ne se contrôle pas, mais ça se combat. Avec de la douceur et de la bienveillance pour soi. Un pas après l'autre, avec des rechutes parfois, souvent peut-être. Je me suis dit en repartant que ce serait bien que j'applique tout cela à moi-même. Je me suis dit aussi qu'il fallait absolument qu'elle me prête sa bouée canard.

La petite blonde avec des escarpins noirs

Et puis un jour, j'ai vraiment osé... être une femme.

Comme ça, un matin, en regardant mes chemises toutes de la même couleur, bleu clair, comme si je n'avais pas assez de bleu dans le cadre de mon métier. Et mes jeans copies conformes, qui ne forment rien du tout d'ailleurs.

Même si je le savais, j'ai pris conscience que la féminité n'est pas une faiblesse telle qu'on peut le ressentir parfois, ni de la « légèreté ». Je me sens tellement tout le temps dans l'action et le « faire » que j'ai besoin de retrouver ma véritable essence féminine qui est clairement étouffée. Alors ce n'est pas en jetant ce qui ruine mon allure que je vais tout de suite être une femme « reconnectée » à mon intuition, ma créativité, ma nature sauvage et cyclique, ma sensualité, ma beauté et ma joie comme j'ai pu le lire dans plein de magazines mais c'est un premier pas et « Un voyage de mille lieues commence toujours par un premier pas », *Lao-Tseu*.

Comme j'avais deux heures devant moi avant de récupérer les filles et que Léo était à la sieste, j'ai commencé par faire un grand tri dans ma penderie. J'ai jeté tout ce que je trouvais moche, informe et vieux, c'est-à-dire beaucoup de choses. C'est incroyable ce que j'ai pu garder comme vieilleries trouées et tachées qui sont immettables ! J'ai tout mis dans trois sacs poubelle pleins pour le point de collecte. Je ne sais pas ce qu'ils vont pouvoir recycler avec ça mais il y a des culottes que je ne voudrais pas revoir en bonnet.

J'ai également mis de côté tout ce qui ne m'allait pas pour donner à ceux qui voudront ces chiffons, c'est-à-dire tout ce que j'avais acheté en vue d'une mission de camouflage. Il ne me restait franchement pas grand-chose, quelques jupes noires et grises, c'est important les basiques ma chériiiie ! Une belle robe rouge que maman m'avait achetée et que je n'ai jamais osé mettre, deux chemisiers blancs, trois vestes noires et un haut rose à paillettes. Je n'ai gardé que les vêtements qui me procurent de la joie et me font me sentir belle, et voilà la femme fataaaale ! Non je déconne, on est encore sur du « erreur fatale, veuillez redémarrer la machine » mais c'est un beau début.

En tout cas, cela m'a fait beaucoup de bien. J'ai bizarrement senti ma respiration plus ample jusqu'à la fin de la journée, comme si j'avais fait place nette également dans ma tête. Flo, la maniaque du rangement, m'a dit que faire du tri permet justement de prendre conscience de ce qu'on a vécu, de ce qu'on est en train de vivre, et de ce qu'on souhaite vivre à l'avenir. Je lui ai dit que sans le vouloir elle spiritualisait la matière ! Elle m'a répondu que je la gavais avec ma sorcellerie, que je n'avais qu'à chevaucher mon balai magique et qu'il ne fallait pas que j'oublie d'enlever ma culotte, y aurait plus d'adhérence. Flo, ma copine tarée.

Le lendemain je suis partie avec Léo m'acheter de nouveaux vêtements. Ce n'est pas la plus pratique des idées avec un enfant qui trottine de partout mais j'ai fait comme j'ai pu en essayant d'être efficace. J'ai trouvé ce qu'il me fallait dans deux magasins avec des vendeuses magnifiques qui ont su trouver les bons mots pour me rassurer, me mettre en valeur et vendre bien sûr. C'était fantastique, j'avais l'impression d'être Pretty Woman ! Je pourrais bien y prendre goût, j'ai surtout regretté de ne pas avoir eu ce déclic plus tôt, ça fait tellement de bien au moral et à la confiance. Et moi qui adorais me déguiser lorsque j'étais petite, avec mes sœurs, j'ai l'impression de rentrer dans un nouveau rôle, le rôle de ma vie.

Terreaurisme

J'ai repris le travail à temps partiel en passant par tout un panel d'émotions, tristesse, joie, culpabilité, inquiétude, gratitude. Quitter mon petit gars avec qui nous avions pris de belles habitudes et être plus pressée le matin avec les filles ne m'enchantait pas mais j'étais heureuse de retrouver mes collègues, sauf ceux qui sortent des blagues sexistes en se sentant trop drôle, et de pouvoir à nouveau être utile ailleurs qu'à la maison.

Peu de temps après mon retour, nous avons suivi une formation de trois jours : « Prévenir et détecter la radicalisation ». Très glamour comme sujet et un défi de taille pour lequel j'ai suivi attentivement toutes les directives. Mon esprit s'est évadé parfois devant toute cette violence en rêvant de remplacer le terrorisme par le terreaurisme : action de planter un arbre de la paix en vue d'un monde meilleur. Mes copines se demandent toujours comment quelqu'un d'aussi fleur bleue que moi pouvait être dans la police, mais il faut de tout pour faire un monde.

La routine

Les mois se succèdent à un rythme effréné ; nous nous croisons à peine avec Thibaut, échangeant juste des messages « techniques ». Nous sommes tous les deux épuisés et passons le peu de temps que nous avons avec les enfants.

Je discute un soir avec le jeune Jai qui est venu m'aider à réduire la pile de papiers qui s'accumulait sur le bureau. Il m'a dit qu'il avait plutôt l'habitude d'intervenir chez des personnes âgées mais j'ai fait mine de ne pas être vexée. Je l'ai vraiment senti épuisé et je lui ai demandé s'il allait bien et alors qu'il est de nature plutôt réservé, il s'est complètement confié à moi sur sa vie amoureuse, alors que j'étais en train de faire une tarte aux pommes tout en expliquant à Anna que, non, un notaire ce n'est pas quelqu'un qui note l'air et que Léo mangeait son yaourt en s'en mettant partout.

Il est avec une femme schizophrène, qui est souvent sujette à une désorganisation extrême du comportement et à des hallucinations. Il vit donc une relation très compliquée, avec de nombreuses ruptures qui le poussent à bout. Elle l'a même maltraité physiquement en prétextant « après coup » que de toute façon puisque c'est un homme, il n'avait qu'à se défendre. Sauf que c'est un gentil. Un vrai gentil qui voulait simplement être aimé simplement par une femme simple. Je lui ai dit que vouloir être aimé de manière constante par une femme schizophrène, c'est comme vouloir qu'il fasse jour lorsqu'il fait nuit, c'est impossible. J'ai senti qu'il perdait confiance en lui durant les périodes où sa copine était contre le monde entier, prenant les choses trop personnellement. Je lui ai cité un des accords toltèques « Ne rien prendre personnellement ». Il m'a expliqué qu'il avait conscience d'être sous emprise, il est donc allé voir plusieurs personnes pour cela. Il a fait la technique des bonhommes allumettes pour couper les liens toxiques entre eux, il a écrit des lettres à tous ceux qui ont pu lui faire du mal et les a brûlées ensuite, il a fait une régression dans ses vies antérieures, du magnétisme, des rituels... J'étais impressionnée par tout ce que ce jeune homme de 21 ans a pu vivre et a pu faire pour se sortir de ce bourbier. Il m'a dit qu'au final, la chose qui lui fait du bien, c'est le yoga. D'origine indienne, le yoga a bercé son enfance et lui permet d'avoir un moment privilégié dédié à lui-même, une parenthèse magique qui détend son corps et apaise son esprit.

Il m'a vraiment donné envie de m'y mettre et m'a envoyé quelques vidéos pour commencer en me disant bien que je pouvais cliquer dessus et que tout était sécurisé...

Les frissons de l'angoisse

J'ai commencé le yoga en tâtonnant, avec plusieurs chutes, des courbatures et un blocage de dos. J'ai revu ensuite mes exigences à la baisse en faisant des postures très simples et ça m'a fait énormément de bien. J'en ai parlé à Sophie qui m'a répondu qu'elle n'avait pas que ça à faire de saluer le soleil.

Je sens malgré tout que des angoisses refont surface et que de nouvelles couches d'oignon ne demandent qu'à être épluchées. Je me sens parfois découragée et enfermée dans un « moi » et dans des situations qui ne me correspondent plus. J'ai la sensation d'étouffer, qu'il y a quelque chose qui ne demande qu'à émerger mais qui n'y parvient pas. J'ai une oppression au niveau de la poitrine, une envie de hurler, d'envoyer valser toutes les bienséances, tout ce que l'on attend de moi, toute cette perfection que j'ai l'impression qu'on m'impose et que je m'impose certainement toute seule. Cet étouffement traduit en moi ce que je suis vraiment et ce que je crois devoir être. Je sais que je ne peux pas fuir cet étouffement, c'est un appel, un cri de détresse de mon âme. C'est sain après tout, cela me donne de précieuses informations. Car je me suis glissée sous une couverture, un abri confortable à ne surtout pas découvrir, cela m'a donné de fausses certitudes, a figé des croyances, me permettant de rester dans ma zone de confort en ne m'autorisant pas à en sortir. Comme cela, tout était parfait. J'ai fait ce que l'on attendait de moi, du moins ce que je croyais que l'on attendait de moi, je me suis donnée des obligations anti-liberté avec des « il faut que »...

Cette sensation de perdre pied, de ne plus être à ma place, de sentir monter l'angoisse, le mal-être, est tellement désagréable... Je pleure beaucoup, je hurle ma peine en silence. C'est possible. C'est la même chose que d'hurler vraiment, sauf qu'il n'y a pas de son qui sort et je me rends compte que ça marche très bien pour évacuer l'énergie stagnante. Un bon cri peut également faire du bien, à force d'accumuler des silences.

Lors d'une soirée, après avoir vu ma sœur Fanny et son mari amoureux comme jamais, j'ai été comme fracassée par l'avant d'un bus. L'inconscient est passé en mode conscient, je crois que je ne suis plus amoureuse de Thibaut. Et ça me ronge. Depuis combien de temps ? Pourquoi ? Est-ce que ça va finir par revenir ? Tout le monde traverse ce genre de crises. Hors de question de me séparer. Et les enfants ?

Les angoisses sont reparties de plus belle, j'ai eu l'impression que mon cœur allait exploser de tristesse. Et puis je me suis calmée en laissant passer la crise en mode gros bébé, en ne cherchant pas à contenir quoi que ce soit et en lâchant tout, on verra demain...

Maître yoga

Je continue le yoga tous les soirs, parce que le matin c'est trop compliqué avec les enfants et le travail. Cela m'aide à gérer ma respiration qui est souvent saccadée par le stress, même si je ne m'en rends pas toujours compte. Et cela me permet de me créer un refuge « sain » et de faire bouger mon corps avec mes émotions.

Je ressens aussi le besoin de passer du temps avec mes sœurs. Même si nous ne pouvons pas toujours nous voir en même temps, j'aime ces moments où nous nous baladons avec les enfants et Fanny ou Emma, sans rien dire, et aussi parce que les enfants parlent pour nous, juste en étant là l'une avec l'autre et l'une pour l'autre.

La tête à l'envers

Les questions se succèdent, la sensation de ne pas être à ma place s'intensifie, ainsi que la colère de ressentir tout cela. Je ressens une énorme force qui me pousse à partir de la maison, à quitter ce nid que nous avons construit avec amour, et je me déteste pour ce que je ressens. Pourquoi ne suis-je pas comme d'autres femmes qui se marient et restent amoureuses de leur mari toute leur vie ? Je ne peux quand même pas le quitter et les faire souffrir, lui et mes enfants ? Et puis comment être heureuse s'ils sont malheureux ?

Je sens que je m'enfonce dans un trou noir où il n'y a aucune échelle pour me sortir. Moi qui ai toujours eu à cœur de ne pas faire souffrir les autres, je suis incapable de faire souffrir les personnes avec lesquelles je vis, avec lesquelles je partage ma vie, avec lesquelles je pars en vacances, je rigole, je dorlote, je câline, j'écoute, je rassure... Je ne trouve aucune solution pour me sortir de ce trou et je me surprends à penser à Louise, à ce qu'elle a pu ressentir, à la comprendre...

Un jour où j'avais la mine défaite en train de cuisiner un poulet basquaise, j'entends la petite voix de Romy derrière moi qui était en train de dessiner : « Si tu n'es pas contente maman, tu n'as qu'à changer de vie ! ». Et j'ai pleuré encore plus.

Mathilde m'a beaucoup aidée au cours de cette période où ma tête en chantier et mon cœur en bataille se mettent tellement en contradiction que je sens que je suis une cocotte-minute sur le point d'exploser.

Elle me surprend en me disant : « Le pire qui puisse t'arriver, c'est ça ! ». Je sens qu'elle souhaite me bousculer. Et sur le coup, toute l'angoisse s'arrête aussitôt, comme s'il n'y avait eu aucune crise et aucune larme l'instant d'avant. Tout devient limpide comme du pipi de chaton et je suis percutée de plein fouet par l'évidence : le pire qui puisse m'arriver dans la vie, c'est ça. Me retrouver en état de crise à pleurer ou à hurler, à ressentir cette extrême souffrance, ces différentes sensations horribles dans tout mon corps... et c'est tout !

Elle me dit que ce qui alimente ce type d'état ce sont les pensées sur lesquelles nous ruminons et qui sont la grande majorité du temps des interprétations personnelles que l'on fait en fonction de nos peurs et de nos croyances, déformant alors le tableau plus ou moins fortement alors qu'on ne sait généralement pas grand-chose de ce qui est réellement vrai ou non. Ce qui maintient aussi ces états de crise, c'est de lutter contre et d'être dans la retenue au lieu de juste se laisser glisser totalement dedans quand cela se présente. Se détendre dans ce que la vie nous propose.

A force de me le répéter avec toute la bienveillance qui la caractérise, tout un lot de peurs a volé en éclat en me rendant compte que tout ce que j'avais pu craindre concernant la suite de mon chemin n'était que du vent, parce que dans l'immense majorité des cas, le pire qui pourrait arriver ce serait de me retrouver à nouveau dans cet état-là, en sachant qu'à chaque fois que j'ai pu vivre des moments d'angoisse, ça a fini par passer. Et j'ai commencé à apprendre à ne plus rien contenir pour tout lâcher, à ne plus chercher d'arguments « valables » à mes yeux qui justifieraient mon droit de ressentir tout ça. Alors j'ai ancré cette leçon céleste en prévision d'un prochain coup de stress. Car si je regarde les peurs que je cultive encore et que je me rappelle un moment de détresse que j'ai pu vivre, je me rends compte que le pire qui pourrait m'arriver, ce serait de revivre un moment comme celui-là : pleurs, rage, sensations physiques désagréables, et ce sera tout !

Il y a bien sûr des situations extrêmes, comme pour un décès. Je sais de quoi je parle, mais pour la grande majorité des cas, prendre conscience du fait qu'il n'y a en réalité aucun danger nous permet d'appréhender la vie et l'avenir d'une toute autre manière.

Elle me dit que ce qui nous fait peur dans ce type de situation, c'est que ça ne s'arrête jamais, ou alors que ça empire, ou encore que ça finisse par nous faire mourir. Mais tout ça n'est que du vent, car à chaque fois que nous avons vécu ce type d'épisodes, ça s'est arrêté, et nous nous sommes relevés, et nous avons souri et ri à nouveau, et ainsi de suite. Le tout est de simplement s'en rappeler, et de simplement s'autoriser à vivre ce qui est en train de se produire, ici et maintenant.

Elle me dit que je commence à devenir tout simplement « moi », celle que je suis vraiment et non celle que les autres attendent. Que je vais laisser petit-à-petit s'exprimer mon « moi » profond et m'accorder avec lui.

Alors elle me dit que je vais sûrement faire de la peine, c'est même certain, mais ceux qui m'aiment pour moi et non pour ce qu'ils veulent que je représente, en seront heureux parce qu'ils comprendront que c'est tout simplement mon chemin.

Il me faut me créer une vie dans laquelle je me sente bien, pas une vie qui paraît bien de l'extérieur.

Je crois que le seul moyen de reprendre les commandes de ma vie c'est d'arrêter de croire que quelque chose d'extérieur à moi détient les clés et puisque je suis persuadée que tout ce que l'on croit devient vrai, si je cultive cette croyance, j'expérimenterai forcément cette réalité-là et ce sera bien fait pour moi. Je ne peux rien créer à l'extérieur de moi sans avoir conduit au préalable un changement sur mon monde intérieur. Si le même problème revient, il faut peut-être que je regarde le dénominateur commun : moi ! Les pensées, les habitudes, les croyances issues d'influences extérieures que j'abrite ont bien peu de chance de m'aider à exprimer qui je suis vraiment, ce n'est qu'un pauvre calque. Mes pensées ont contrôlé ma vie et ont gouverné mes décisions. Donc je dis stop à tout ça. Ce que je pense de moi est bien plus important que ce que les autres pensent de moi. Tout ce qui me manque, je dois me l'apporter à moi-même. Tout.

Bon il me manque aussi des seins mais c'est encore une autre histoire.

Je n'ai maintenant plus le choix, il faut que je me retrouve. Que je décongèle toutes les parties de moi que j'avais mises de côté avec le poisson pané en attendant d'avoir assez de force pour pouvoir rouvrir les boîtes et recoller les morceaux de mon Moi éparpillé.

Mambo number 5

Les mois qui suivent, je passe beaucoup de temps en famille, dans cette vie à cinq dont j'avais tant rêvé. Je leur apprends le mambo, même si je ne suis pas la plus douée mais que j'adore pratiquer, je fais du yoga avec eux, nous nous baladons dès que nous le pouvons. Je lâche prise, je vis le moment présent, j'essaie en réalité d'oublier mes émotions... Puis je ressens que j'ai de nouveau besoin de m'isoler car la sensation de ne pas être à ma place et la culpabilité reviennent et de m'éditer, en un seul exemplaire. Je pense que deux personnes s'attirent comme un aimant, le (+) à son (-). Chacun apportant à l'autre inconsciemment ce qui lui manque, sa charge inverse, ce dont elle est démunie et ce qu'elle n'arrive pas à atteindre. Le problème, c'est que les polarités peuvent se modifier et personne n'y peut rien.

Un homme extraordinaire

Après des mois à lutter contre ce que je ressens, à discuter beaucoup avec Thibaut, à chercher des solutions à deux, à en parler un peu autour de moi, à chercher de nombreuses solutions, je décide, le cœur lourd, de quitter cet homme merveilleux, ce papa extraordinaire. Je sens tout simplement qu'un autre chemin m'appelle. L'affection et l'admiration que je lui porte sont immenses et mon cœur n'est pas fait pour lui faire de la peine, sans parler des enfants. Encore de la culpabilité.

On dit que le courage c'est le cœur à l'ouvrage. Je crois que les choses les plus courageuses que j'ai pu faire ont été d'écouter mon cœur, et de continuer à vivre quand j'ai eu envie de mourir. Alors je n'ai pas regardé ce que je voulais éviter mais la direction que je voulais prendre.

Le cours de la vie

Une nouvelle vie s'organise. J'ai longtemps eu l'impression que ce serait insurmontable et que je ne pourrais y arriver, mais je me suis sentie guidée comme une marionnette dans chacune des étapes. J'habite dans le nouvel appartement d'Emma qui a enfin quitté le nid familial, le temps de trouver un nouveau logement. En me baladant un jour avec Léo, j'ai l'idée de passer par un autre chemin que celui que l'on a l'habitude de prendre. Je vois un monsieur peindre sa porte d'entrée dans un bleu assez douteux mais j'entends à ce moment-là dans ma tête les mots « porte du paradis ». Le lendemain en regardant les annonces, je vois que cette petite maison est en location et qu'elle correspond parfaitement à mes critères. J'ai commencé à découvrir un nouveau sentiment en moi, la gratitude, gratitude d'être aussi bien guidée. Je crois que ma plus grande peur était celle de cette séparation, et comme elle s'est réalisée, mon mental s'est coupé et a permis à « plus grand » de me guider sur cette nouvelle étape de ma vie. Mes copines Sophie et Flo m'ont beaucoup aidée aussi. Elles sont arrivées un soir de déprime où les enfants me manquaient cruellement avec deux bouteilles de vin et un t-shirt « Planche à pain mais jolies miches ». Je n'avais vraiment pas le cœur à rire, le vibromètre à zéro mais il y avait au moins quelque chose de positif ce soir-là : mon taux d'alcoolémie. Pour une fois, au lieu de parler de spiritualité, j'ai abusé du spiritueux.

Nous avons fini toutes les trois par dormir sur le canapé comme des adolescentes, le mascara coulant et les aisselles suintantes en rigolant comme des pintades lorsque, le lendemain matin, nous avons raconté à Sophie que nous l'avions priée d'arrêter de ronfler pendant la nuit et qu'elle nous a répondu « je ronfle pas, je rêve que je suis une moto ».

Heureusement que les copines ont été là pour me remonter le moral ! Elles m'ont incitée à occuper le temps où je n'ai pas les enfants de manière à me faire plaisir. Je décide donc d'arrêter le mambo pour me consacrer plus largement au yoga, qui m'apporte énormément, et pour prendre des cours d'équitation.

Pouvoir, mon beau pouvoir

Un matin au réveil, j'ai entendu très clairement une voix féminine dire « Juliette ». D'habitude, c'est plutôt mon réveil ou un « mamaaaaannn » que j'entends. Sur le coup, j'ai eu très peur puis je me suis rassurée en me disant que c'était peut-être un cadeau cosmique qui arrivait. Cela m'a refait penser à des mots que j'entendais lorsque j'étais petite, au réveil dans ma tête, avec une autre voix que la mienne. J'avais complètement occulté ces faits, je ne me souviens plus par contre de quels mots il s'agissait.

Puis dans la journée alors que j'accueille un monsieur au commissariat qui me demande si personne n'a ramené sa scie circulaire dans les objets trouvés, je ressens une grande chaleur dans mes mains et une sensation de « fourmillement ». Je raccompagne le monsieur jusqu'à la porte car il a du mal à marcher, a le dos courbé et des tremblements dans les mains. Je lui conseille tout de même de ne pas utiliser de scie circulaire. Je lui ouvre la porte, mets ma main sur son dos pour lui souhaiter une belle journée et je sens la sensation de chaleur dans ma main s'amplifier. Cette sensation s'accompagne d'une grande paix dans mon cœur. Je ne cherche pas à analyser, je suis juste bien. L'école d'Anna m'appelle une heure après pour me dire qu'elle se plaint du ventre et qu'il faudrait venir la chercher.

Lorsque je ramène ma petite puce à la maison, j'ai l'idée de mettre spontanément ma main sur son ventre, je visualise alors de la lumière dorée qui traverse ma paume jusqu'à son estomac. Deux heures après, je la vois sauter sur le trampoline dans le jardin en chantant « Dans la vie, il faut savoir rebondir !!! ».

Le début des soins.

Le cheval qui murmurait à l'oreille de la femme

Un soir, je suis allée dîner dans un restaurant avec des amis. Lorsque je n'ai pas les enfants, c'est le genre de soirée très attendue qui me sort un peu de ma solitude et, pour l'occasion, j'ai maintenant plaisir à me transformer en vraie femme et à mettre des talons et du rouge à lèvres. J'étais en train de siroter tranquillement mon Spritz quand cette impression revient : celle de me détacher de la conversation en visualisant la scène comme si j'étais au-dessus de la table. Cela m'arrive de plus en plus souvent, notamment lorsque je m'ennuie. Cela me rappelle lorsque je me voyais revenir dans mon lit avant de me réveiller lorsque j'étais petite. Il doit y avoir un de mes corps qui se barre pour faire mumuse. Ou peut-être qu'il veut juste espionner pour voir si ma copine Malika fait toujours du pied au mari de ma copine Céline.

Mon pote Godefroy me parle de sa solitude amoureuse avec désespoir et de sa dernière compagne avec une libido lit vide. Je reviens donc à la conversation sans aucune envie de lui répondre à part lui dire « Godefroy ton prénom me fait penser à un sextoy gelé ». Je continue de l'écouter lorsque je lève les yeux sur une affiche pour un stage de magnétisme « Retrouve tes pouvoirs ». En une minute, je passe par tout le panel d'émotions et mon mental fait des loopings suivis d'un salto arrière piqué. « Waouh ça doit être cool, non mais c'est pas pour moi, j'envoie un peu d'énergie mais je n'arriverai pas à être aussi douée que Sandra, je vais être nulle, ça ne marchera pas, et au final pourquoi pas, je sens bien qu'il y a quelque chose qui me pousse, que cet univers m'intrigue, ça doit être génial d'en apprendre plus, de savoir comment ça se passe, de découvrir ce que je peux faire, hum elle est bien bonne cette crème brûlée ». Bim, bam, boum, méga tilt intérieur, c'est parti je vais m'inscrire ! En plus, les dates correspondent parfaitement à mes disponibilités, comme le dit Sandra, tout est aligné. Le début du bain cosmique.

Le mois suivant, j'arrive donc au stage qui se déroule sur Bordeaux pendant trois jours. Je n'ai pas fait les choses à moitié question durée pour une première découverte, j'arrive avec ma petite valise et me voilà : « Vas-y Roger, balance-moi ton chaudron, chevauche-moi sur ton vieux balai et fais de moi ta sorcière ! ».

On commence par se présenter, il y a vraiment des personnalités différentes. Un petit papy qui a de la bouteille dans le magnétisme et aime apparemment aussi ce qu'il y a dans la bouteille, une baba cool avec huit enfants qui en est à son douzième stage, une petite jeune de 21 ans avec des fesses taille S de connasse, un couple de 60 cm d'écart qui se regarde amoureusement dont l'homme regarde tout aussi amoureusement les fesses taille S de connasse et bien d'autres dont celles de Mélissa avec qui je crée tout de suite des liens.

Elle a de magnifiques cheveux roux et bouclés qui me font tout de suite penser à Louise, un sourire franc et sincère et visiblement beaucoup de stress et de manque d'estime pour elle dans ses jolis yeux verts.

Moi qui pensait commencer directement par du concret, on nous emmène dans un pré avec... des chevaux ! J'avais apparemment mal lu le descriptif ou très brièvement puisque je n'avais pas connaissance qu'il y aurait des chevaux pendant une partie du stage, et je suis tellement bien en leur présence depuis toute petite et surtout depuis que je fais de l'équitation que j'en suis très heureuse. Ce sont des chevaux particuliers nous dit Sabine, notre « maître de stage », personne ne les monte car ils ne sont pas fait pour cela. Ils ont une connexion particulière avec les humains et savent où il est nécessaire de nous transmettre de l'énergie.

Sabine nous explique comment va se dérouler la séance : nous allons d'abord commencer par une première approche intuitive avec les chevaux, puis nous nous allongerons tous dans le pré. Elle nous annonce qu'elle va nous accompagner vers un voyage au son du tambour et nous nous laisserons guider par les chevaux en laissant venir ce qui doit arriver.

Je me mets plutôt en retrait en observant les chevaux en silence pendant que certains s'approchent d'eux avec excitation.

Je regarde Mélissa rester très longtemps vers une jument, les larmes aux yeux et « petit papy bouteille » parler longuement à une autre dame plus âgée de l'époque où il était agriculteur et des beaux chevaux qu'il avait, je pense qu'il souhaite lui montrer ses talents d'étalon.

Je me sens tout simplement bien et apaisée avec ces beaux chevaux même si je suis au milieu de nulle part avec des gens que je ne connais pas.

Arrive le moment du voyage guidé : Sabine nous invite à nous allonger, à fermer les yeux et à nous détendre. Elle commence à jouer du tambour et je sens tous mes membres vibrer, j'ouvre les yeux pour m'assurer qu'il n'y ait pas de troupeau d'éléphants dans le pré et puis je me laisse embarquer. Je sens une respiration très forte à côté de moi, je ne sais pas combien de temps il s'est passé depuis que j'ai fermé les yeux, je ne sais pas si je me suis endormie non plus mais je suis complètement vaseuse. J'ouvre les yeux et je tombe yeux à nez sur l'énorme museau d'une jument grise qui a l'air très vieille. Sabine me pose la main sur l'épaule pour me rassurer et je referme les yeux aussitôt. Je sens la jument tourner autour de moi, je ressens sa présence et son énergie de manière très forte, tellement forte que je suis obligée d'ouvrir les yeux et de me lever, je la caresse un peu et je marche quelques mètres pour aller… vomir. Très glamour ce stage. Après le vomi arrivent les pleurs. Sabine me rejoint en me disant que la jument me libère de mes poids, peu importe lesquels, je ne suis pas obligée de les connaître, il est temps pour moi de m'alléger. Oui on peut dire qu'entre la raclette d'hier et les seaux de larmes, elle m'a bien allégée !

Je reviens tout doucement dans le cercle qui s'est créé avec les participants, je vois que je ne suis pas la seule à avoir été chamboulée au vu des yeux rouges, des sourires sur les lèvres et des yeux perdus dans le vide qui m'entourent.

Chacun raconte tour à tour son expérience, moi je ne me rappelle pas du voyage, il paraît que cela arrive, et que le cerveau se bloque, permettant à l'énergie de travailler à un autre niveau.

On repart tranquillement vers notre lieu d'accueil lorsque je sens une petite tape sur les fesses, serait-ce « papy bouteille » ? Je me retourne et je vois un magnifique cheval marron au poil luisant qui s'approche de mes mains avec sa tête. Sabine me rejoint et me dit d'ouvrir mes mains devant lui. Je les ouvre donc et je le vois souffler dans mes paumes avec ses grandes narines pendant un long moment, c'était très agréable, beaucoup plus qu'avec la jument évidemment. Je regarde les yeux de ce cheval briller comme s'il y avait des milliers de petites fées à l'intérieur venues agiter leur baguette remplie de magie. Puis le cheval se retire, recule un peu et broute son herbe comme si de rien n'était. Sabine me dit qu'il a ouvert une porte en moi pour me permettre de me soigner et de soigner ceux qui en auront besoin. Ben voilà autre chose !

Depuis ce jour, dès que j'ouvre mes mains et que je visualise l'énergie transmise à l'intérieur de celles-ci, je sens une sensation intense de chaleur, de picotement et je m'essaie à poser mes mains là où j'en ressens le besoin. Je repars avec un tambour que je me suis offert et qui m'a appelée dès que je l'ai vu et un nouveau sourire qui reste accroché sur mon visage.

Ce stage a changé mes habitudes. Il m'a ouverte à tous les champs des possibles, à la merveille de l'invisible, aux capacités que nous sommes tous capables de développer si on en ressent l'envie et, en plus de m'avoir ouvert les mains, il m'a ouvert le cœur.

Je me suis procurée plusieurs livres sur le développement des capacités psychiques et spirituelles, sur la communication avec l'invisible, les rituels à faire pour développer encore plus nos « dons », des témoignages de personnes qui ont vécu des choses extraordinaires et ça me met dans une immense joie de me dire que nous ne sommes peut-être pas sur Terre uniquement pour compter les heures au travail avant de pouvoir avoir la « chance » de manger le dimanche avec tatie Monique et de regarder une émission de télévision où un cultivateur de pommes trouve une nénette pour lui faire la raie nette.

Des milliers de questions tournent dans ma tête, chacune apportant des prises de conscience. J'ai l'impression d'avoir découvert un autre monde, j'ai envie d'en parler à toutes les personnes que je croise, de leur dire que la vie est grandiose (et dans grandiose il y a grandi et ose) et qu'un grand bonheur est à portée de nos mains. Pas quand on aura enfin notre nouvelle 408 ou que l'on partira pour notre semaine au Cap d'Agde que l'on a mis un an à payer. Le bonheur c'est maintenant et tous les jours de l'année ! Mais tout vient à point à qui se sort les doigts du cul.

Alors bien sûr ce n'est pas facile ne plus avoir d'attente sur la vie et de lâcher le contrôle mais en voulant à tout prix aller à contre-sens c'est contre-productif puisqu'on se fatigue à contrôler l'incontrôlable. Personne n'aurait d'ailleurs l'idée de vouloir ramer à contre-courant, c'est tellement plus paisible de se laisser porter par le courant de la rivière jusqu'à la prochaine destination.

Je repense souvent à une méditation que Sabine nous a proposée de faire :

« Repensez à un moment de votre vie où vous avez ressenti de la joie et du bonheur pur.

Fermez les yeux et remettez-vous vraiment dans ce moment. Qu'est-ce que vous voyez, sentez, entendez ? Qu'est-ce que cela vous fait physiquement dans votre corps ?

Maintenant, posez-vous la question : Avez-vous assez de cette énergie dans votre vie ? En avez-vous plein ? Ou avez-vous besoin de plus ?

Vous concentrez-vous assez pour apporter plus de cette énergie dans votre vie ?

Ou simplement en espérant que cela revienne tout seul ?

Même si vous avez trouvé cette énergie à travers une autre personne ou à travers une expérience, le bonheur n'est pas quelque chose que nous trouvons, c'est quelque chose que nous créons. Il vient de l'intérieur.

Oui les gens peuvent le faire ressortir en vous, mais il a toujours été en vous en premier. La joie est notre état naturel d'être. Plus nous nous concentrons sur la création de cette énergie, plus nous en attirerons ».

Je suis surprise par cet enthousiasme qui m'anime, moi qui suis souvent inquiète de tout et plutôt envieuse des autres.

Culotte de cheval

J'adore l'équitation ! Moi qui ne suis pas très sportive, ça a été un peu dur au début parce que je pensais que ce serait beaucoup moins physique. Je pensais qu'il suffirait de m'asseoir sur un cheval, de le diriger et de lui faire des câlins. Eh bien à la suite du premier cours, j'ai eu des courbatures toute la semaine. Cela demande beaucoup de tonicité contrôlée au niveau des jambes, des fesses, du dos, des abdos et des bras, au moins ce sera peut-être bénéfique pour ma culotte de cheval. J'apprends au fil des cours à diriger l'animal tout en suivant ses mouvements naturels, à exercer sur son corps une légère pression en l'accentuant pour donner des ordres. Je pense aussi que cela va m'aider à me tenir plus droite, moi qui ai souvent les épaules voutées par mon manque de confiance en moi. Et à faire confiance à l'animal. Excellent pour ma méfiance chronique.

Je n'aurais également jamais pensé à quel point l'équitation puisse autant me mettre en contact avec mes émotions, parce qu'elle implique la collaboration avec le cheval, qui est un animal très émotionnel comme j'ai pu le remarquer, et cela m'oblige à observer son comportement et à dompter mes émotions négatives pour éviter de les lui transmettre.

Pour cela, Karine, ma prof d'équitation nous a invités d'abord à être capables d'identifier l'humeur du moment, celle du cheval comme la nôtre. Un jour de colère ou de stress, elle nous a dit qu'il vaut mieux remettre la séance d'équitation... sauf si on arrive à calmer nos émotions et à être dans l'instant, à l'écoute de notre monture. Grâce au yoga et à tout ce que j'ai pu apprendre, j'arrive maintenant à ne pas me laisser submerger et à me recentrer quand ça devient nécessaire.

L'équitation est vraiment arrivée au bon moment dans ma vie.

Passe en mode vibreur

Les jours passent et je profite d'un email de Sabine, qui nous a envoyé une photo de ses chevaux sur un email groupé, pour lui faire un petit retour et lui faire part de mes nouveaux ressentis. Je sens que ma méfiance tend à s'estomper un peu, je deviendrais presque la reine du clic ! Elle m'a répondu tout de suite en me disant que ce stage m'avait permis d'accéder à un autre niveau d'énergie qui devait dormir depuis longtemps en moi, tellement longtemps que ça a explosé d'un coup. Elle m'a reparlé du taux vibratoire qu'elle avait évoqué pendant le stage et que l'on peut mesurer par exemple au pendule avec l'échelle de Bovis. Il est d'ailleurs possible de mesurer ce taux pour des personnes mais aussi des objets, des lieux, des animaux, etc. puisque tout dans l'univers est énergie.

Apparemment, ce stage m'a également permis d'augmenter considérablement mon taux vibratoire. Elle mesure d'ailleurs le taux de chaque personne avant le stage, j'avais complètement oublié cette partie, je devais certainement être en train de ricaner avec ma copine Mélissa. Elle m'a dit qu'elle avait noté mon taux vibratoire au début du stage à 8000 unités Bovis, ce qui est dans la moyenne. Elle m'a mesuré à nouveau mon taux à distance aujourd'hui et je suis à 17 000 unités Bovis ! Wahou je ne comprends rien mais j'ai la même sensation que si j'avais eu une bonne note !

Sabine me met en garde sur le fait que mon enthousiasme sera sûrement provisoire et me rappelle que le taux est amené à changer chaque jour et qu'il peut considérablement baisser en fonction de notre mauvaise alimentation, de nos émotions et pensées négatives, de notre auto-sabotage mental et des ruminations que l'on peut s'infliger. En revanche, il augmente dans plusieurs autres situations : lorsque l'on est dans la nature, que l'on développe l'amour de soi, tel que l'on est, que l'on accepte les expériences que la vie nous propose en lâchant prise, que l'on adopte un mode de vie sain, que l'on sait avoir de la gratitude pour tout ce que l'on a déjà et que l'on cultive le plus possible des pensées positives et par conséquent des émotions positives. Elle me dit que la gratitude est très puissante pour la manifestation de nos désirs, qu'il ne faut pas que j'hésite à penser à des phrases comme : « Je suis tellement reconnaissante d'avoir/d'être... » ou « Qu'il est formidable d'être/avoir... ». Mes parents étant catholiques et ayant moi-même assisté à la messe quelquefois, j'ai la chanson « Qu'il est formidable d'aimer » qui me tourne dans la tête toute la journée...

Je repense à une émission qui montre comment une dame qui a perdu ses deux pieds et ses deux mains suite à un paludisme sévère, se débrouille au quotidien. J'ai une admiration énorme pour son courage et sa résilience, surtout lorsqu'elle parle de la gratitude qu'elle a pour cette leçon de vie et ce que cette expérience lui a apportée. Comment cette grande dame arrive-t-elle encore à ressentir de la gratitude après cette épreuve, seule avec ses quatre enfants ? Elle parle des deux armes qui l'ont véritablement aidée : l'amour et l'humour. Je me surprends ensuite à chanter « Qu'il est formidable d'avoir ses quatre membres ».

Sabine a déclenché en moi une telle soif d'en savoir davantage sur les secrets du bonheur ! Je ressens avec beaucoup de gratitude que des choses commencent à se modifier dans mon esprit et dans mon corps.

J'éprouve un soir le besoin de l'appeler pour lui faire part de mes ressentis. Quelle patience elle a ! Elle me dit qu'elle est habituée à ce que quelques consciences soient en ébullition après ses stages et que c'est une sorte de service après-vente qu'elle se doit d'honorer et qu'en plus elle trouve ça merveilleux à constater. Je lui ai demandé si elle pouvait prendre aussi en charge mon vieux lave-vaisselle mais je crois que j'ai été un peu lourde.

Je lui pose cette fois des questions sur elle car je l'admire beaucoup dans sa façon d'être. Elle me confie que ce n'était pas tous les jours évident mais qu'elle se force à garder « la voie du milieu », c'est-à-dire que lorsqu'elle sent qu'une parole ou situation trop négative va l'atteindre, elle se « recentre » sur sa lumière intérieure pour éviter de basculer dans une tempête émotionnelle qu'elle ne connait que trop bien. Evidemment, je la questionne : « J'entends partout qu'il faut se recentrer mais concrètement, on fait comment ? ».

Elle m'explique que nous sommes tous une magnifique essence de lumière provenant de la Source, Dieu, l'Univers (tout dépend de l'interprétation de chacun) dans un corps physique.

Cette fois, c'est confirmé, nous ne sommes donc pas que notre corps. Quand je pense à ma copine Malika qui a mis toutes ses économies dans sa poitrine en silicone et sa liposuccion...

Sabine poursuit en m'expliquant que nous nous sommes créés un personnage au fil des expériences vécues depuis notre enfance, un personnage qui a voulu nous protéger pour ne pas revivre par exemple une des cinq fameuses blessures de rejet, d'abandon, de trahison, d'injustice ou d'humiliation. Contrairement aux promos, ces blessures peuvent être cumulables, on peut donc en avoir une, deux voire trois. La plupart des gens pensent n'être que ce personnage et subir tous les événements extérieurs sans avoir conscience de créer eux-mêmes ces expériences. Ce personnage que l'on a tous est celui qui cherche à tout contrôler parce que l'expérience que la vie lui propose ne lui convient pas. Il manipule (souvent inconsciemment), ment parfois, il se bouge dans tous les sens et épuise toute son énergie pour trouver une solution à son problème, du moins à ce qu'il pense être un problème. Il fait tout cela pour ne pas revivre ces situations, il s'invente des scénarios ou fait le Calimero. Si on essaie de remplacer « pourquoi cela m'arrive » par « qu'est-ce que cela m'apprend », et les « mais je ne peux pas » par « donc je le fais », alors tout change. Plus on refuse cette situation et donc cette émotion, plus cela va créer un ressort sur l'émotion. Plus on se dit « plus jamais on ne me fera ça », plus on élabore des stratégies pour ne plus ressentir l'émotion. Plus le ressort émotionnel est tendu et plus on empêche la véritable libération. Il ne faut pas en vouloir au personnage, il fait ce qu'il peut pour nous protéger, et le ménage entre ce qu'on est et ce que l'on croit être est long. Le tout est de prendre conscience le plus souvent possible de ce personnage en nous. Au début, il peut être effrayé d'avoir été démasqué et avoir encore plus besoin de tout contrôler pour prouver qu'il existe ; il faut alors le rassurer et le remercier d'avoir voulu nous protéger. Elle rajoute qu'en reconnaissant son personnage on fait déjà un énorme pas, c'est-à-dire qu'on lui laisse beaucoup moins de place et qu'on donne ainsi plus d'espace à notre lumière, notre véritable Soi qui ne demande qu'à s'expanser. Elle m'explique que lorsque l'on projette de la lumière avec une lampe torche (cher lecteur si tu te poses la question, ça marche aussi avec une lampe frontale) sur une partie sombre, toute l'obscurité s'en va. Il en est de même lorsque l'on éclaire notre personnage avec sa conscience, qu'on le reconnaît. Il est important de découvrir notre personnage, de le maîtriser, pour être ainsi capable de le reconnaître chez les autres et prendre plus de recul.

Il peut ensuite être difficile de parler à des gens coincés dans leur personnage, donnant ainsi l'impression d'être dans une immense pièce de théâtre. Il n'est alors pas nécessaire de nourrir le personnage de l'autre, ni non plus de le critiquer, car nous avons tous été au même stade à un moment donné. Quand tu sors vraiment de ton personnage, ta lumière ne voit que celle de l'autre. Bien sûr, elle me dit qu'elle a parfois envie de riposter elle-même quand on lui dit qu'elle a tellement un gros nez qu'elle peut fumer sous la douche. Elle voit tout simplement la souffrance de l'autre dans son personnage et essaie de faire preuve de compassion. Car plus cette personne sera dans son personnage, plus elle aura besoin de se rattacher à l'image que l'on aura d'elle, de trouver de la sécurité à l'extérieur ou de posséder des choses matérielles. Elle me propose d'ailleurs d'imaginer ce que serait la vie si on aimait les gens et utilisait les choses plutôt que d'aimer les choses et utiliser les gens.

C'est uniquement le personnage que tu t'es créé qui souffre. Il n'y a pas de personnes dépressives, uniquement des personnages dépressifs. Elle me dit qu'elle essaie toujours de pointer le beau en chacun pour lui montrer qu'il peut sortir de ce personnage et c'est là qu'elle répond enfin à ma question : « Donc pour te recentrer, tu ressens la joie et la paix dont nous sommes tous constitués ou tu fais simplement appel à ta lumière, ton essence, ta Divine Présence Intérieure, ta Puissante Présence I AM (Dieu en moi). J'utilise volontairement plusieurs termes tant pour nommer la lumière qui t'anime que pour faire appel à elle, pour que tu choisisses ce qui résonne le plus en toi. Si au début cela te semble un peu compliqué, tu peux aussi simplement pour te centrer, te con-centrer. C'est-à-dire t'allonger en te concentrant sur ta respiration ou alors tout simplement jardiner, cuisiner, marcher en conscience, t'ouvrir à de nouvelles activités, observer la nature... revenir au présent. La présence est le dissolvant universel ! ».

Je suis encore plus enthousiaste ! J'ai dû battre le record mondial du taux vibratoire (tellement modeste), j'ai l'impression d'être un vibromasseur cosmique tellement tout ce qu'elle énonce vibre dans mes cellules. Je lui pose une dernière question pour ne pas trop abuser de son temps, à savoir comment différencier le mental et le cœur.

Elle m'a demandé de visualiser un bateau, je lui ai dit : « Ok c'est bon je vois très bien Popeye dans sa barque en bois avec Olive à ses côtés ». Elle m'a juste répondu « Bon ». Je crois qu'elle va vite raccrocher ! Elle a continué en m'expliquant que « le mental est celui qui tient la barre du bateau chez la plupart des gens actuellement. Dans ton cas on va dire que c'est Popeye (je me sens enfin comprise). Eh bien comme personne ne lui donne de direction et qu'il ne sait pas où aller, il fait comme il peut avec les informations qu'il a, c'est-à-dire aucune, donc il tourne en rond. Alors que normalement c'est au cœur de dicter au mental la marche à suivre, on va dire que le cœur c'est Olive. Si le bateau est dirigé par Popeye (mental) mais commandé par Olive (cœur), alors là le bateau va aller tout droit sur une montagne d'épinards ! Alors laisse ton cœur diriger ta vie et fais appel au mental uniquement pour effectuer les actions te permettant d'aller dans la bonne direction ». Et c'est à ce moment-là qu'elle rajoute un autre intervenant (je ne pensais pas qu'on était autant dans notre tête, à part pour Flo) :

« Donc il y a le mental qui est plutôt un outil et un serviteur, le cœur qu'il faut écouter bien sûr, le personnage créé par nos blessures et aussi l'ego. L'ego sert à nous faire prendre conscience de notre individualité, ou plutôt de la Source individualisée, du fait que nous sommes tous Un et issu de la même source. L'ego est donc important ! Ce qui est néfaste c'est quand cette individualité devient justement un personnage, car dans ce cas, il fait tout pour que rien ne change, c'est un peu le gars relou avec son t-shirt trop court que tu as dans ton équipe qui donne l'impression de jouer contre toi. »

Cela fait beaucoup d'informations d'un coup mais je trouve passionnant tout ce qui peut se jouer dans notre esprit et notre corps sans qu'on en ait conscience. Elle m'a informée qu'elle ferait prochainement un stage près de chez moi et m'a proposée que l'on se retrouve pour manger ensemble un soir.

Tellement heureuse de sa proposition, tout ce que j'ai trouvé à répondre c'est : « Sabine, je m'en lèche les babines ! ».

Bas les masques

Je me sens seule. Comme il est difficile de gérer toute seule ces trois petits bouts de moi ! Et en même temps je ressens un gros vide quand ils ne sont plus là. Au travail, même si je suis entourée d'hommes, il est hors de question d'envisager quoi que ce soit et en plus personne ne me plaît, ça m'arrange bien. Je suis allée sur quelques sites de rencontres mais il me faudrait une secrétaire pour arriver à virer les tocards, repérer les gars sérieux, trier les derniers restants et analyser les profils. Je suis parvenue à en sélectionner un avec qui j'ai correspondu plusieurs semaines. Lors de notre rencontre, je me suis rendue compte qu'il ne correspondait pas du tout aux photos, du moins à l'image que je m'en étais faite. Je crois que le mental est également très fort pour idéaliser une personne. Voilà d'ailleurs pourquoi les couples, après un court laps de temps, commencent à se faire des reproches, car on réalise que la personne en face de nous n'est pas celle que son personnage avait imaginé, il pensait que ce serait enfin la personne qui pourrait tout lui apporter, alors que celle-ci est juste elle-même.

Pour ce qui était du « jeune » homme devant moi, pas besoin d'attendre plusieurs mois : il ne me plaisait pas du tout, mais je n'ai pas voulu m'arrêter à cet a priori. Nous avons donc continué notre conversation, mais je l'ai senti très insistant et j'étais très mal à l'aise en sa présence donc j'ai préféré écouté la boussole de mon corps et je n'ai pas donné suite.

Quelques temps après, j'ai retenté ma chance avec un autre homme avec qui le feeling est tout de suite bien passé ; très beau, j'ai même passé la nuit avec lui. Le problème c'est qu'il ne m'a jamais recontactée ensuite. Ma copine Sophie m'a dit que c'était un classique, je savais que ça existait mais je n'avais jamais rencontré ce genre de spécimen en vrai. Goujat : check.

J'ai donc décidé d'arrêter là les frais et de laisser l'univers agir en lui donnant un petit coup de pouce. Je suis donc passée à la vitesse supérieure en m'offrant la « Reprogrammation mentale » proposée par Sabine.

Donc bas les masques ! Il s'agit d'être extrêmement attentive à mon discours intérieur, mon personnage (que j'ai décidé d'appeler Pedro), en n'hésitant pas à le « recadrer », en me parlant comme si je parlais à la personne que j'aime le plus au monde, avec amour, douceur, compréhension, bienveillance, humour... Ou comme si je voulais rassurer un enfant qui traverserait une période difficile. La reprogrammation commence par se remémorer notre avenir, comme si nous l'avions déjà vécu, avec tous ses merveilleux souvenirs, plein de détails et de magnifiques anecdotes. Se faire des films et les vivre pleinement.

Ensuite, il faut faire notre propre liste d'affirmations (JE SUIS) et les répéter autant de fois que possible de n'importe quelle manière exubérante : à voix haute, en chantant, déclamant, ressentant et vibrant ce que l'on affirme, en conduisant, sous la douche, en faisant pipi... J'imagine la tête des collègues au commissariat en m'entendant faire pipi en me la jouant façon Castafiore : « Ah ! Je ris de me voir si belle dans ce miroir ».

Il faut affirmer ce que nous sommes comme si tout était déjà réalisé. Le mieux étant de faire une petite séance de répétition le soir juste avant de s'endormir, car pendant les trente minutes avant notre endormissement nous passons en « ondes alpha ». Nous passons ensuite en « ondes thêta » pour se mettre en sommeil profond. Il faut donc profiter de ce moment en ondes alpha (que l'on peut également retrouver au cours de la méditation) pour s'endormir en commençant à rêver pour reprogrammer le cerveau et passer les commandes au subconscient. Lorsque les gens s'endorment sur leurs soucis, le cerveau continue de programmer indéfiniment les mêmes problèmes et la loi d'attraction attire les mêmes problèmes dans leur vie.

Il faut donc se faire des films, se raconter des histoires, se nourrir de livres, reportages, de gens qui nous inspirent car les gens que l'on admire reflètent forcément par effet miroir une partie qui est en nous, qui est ce que nous sommes déjà.

La reprogrammation propose éventuellement d'enregistrer nos affirmations sur une musique ou une vidéo et de l'écouter régulièrement, en chantant dessus ou d'écrire un scénario idéal en y croyant de tout notre cœur. Ce n'est pas « je crois ce que je vois » mais « je vois ce que je crois », et ainsi vivre ce que l'on décide de croire.

On peut aussi se créer son « tableau des rêves » en collant tout ce que l'on souhaite dans sa vie, et le refaire régulièrement en regardant avec bonheur ce qu'on a pu manifester.

Et bien sûr, on arrose ce beau gâteau avec le pouvoir de la gratitude, en remerciant pour nos désirs déjà exaucés.

Dans cette reprogrammation, on nous avertit qu'il peut arriver, les premiers jours, que l'on rencontre des résistances, de l'euphorie, puis un découragement, de la négativité, de l'impatience, etc... Il paraît que c'est tout à fait « normal » et bon signe, car notre être s'ajuste à sa nouvelle réalité vibratoire et aux nouvelles fréquences entrantes. Alors si on se décourage, ce n'est pas grave, on reprend.

Cette personne que l'on reprogramme existe déjà en nous et dans le champ quantique, il suffit juste de s'y reconnecter.

Je me lance donc dans cette reprogrammation avec un seul objectif pour l'instant : trouver un homme qui me corresponde.

Le dîner de dons

J'organise un dîner dans mon nouveau chez-moi avec mes copines et mes sœurs, une dizaine de nanas complètement folles et ravies de se retrouver. On s'amuse, on danse, on rit, on se confie.

On a beaucoup parlé du problème qu'Emma a en ce moment avec son patron dans l'office notarial dans lequel elle travaille. Il la prend de haut, lui fait toujours des réflexions insidieuses mais méchantes et elle est terrorisée dès qu'il rentre dans son bureau. Il ne la respecte pas du tout et la considère comme une petite blonde arriviste et bonne à rien. Le pire c'est qu'elle commence à y croire ! Sophie lui a dit de se venger et qu'il ne fallait pas qu'elle se laisse faire. Elle lui a même suggéré de cracher dans son café ou de glisser des photos pornographiques dans ses présentations. On a bien rigolé en imaginant la scène tout en sachant très bien qu'Emma était bien trop sérieuse et droite pour faire une chose pareille.

Mélissa, que j'ai eu plaisir à retrouver après le stage avec les chevaux, lui a dit d'une voix très calme et posée comme elle en a l'habitude : « Moi je pense qu'au contraire il faut aimer ses ennemis. Parce que aimer ceux qui nous aiment, ça c'est facile mais aimer ceux qui ne nous aiment pas, c'est faire preuve d'une sacrée force et d'un sacré courage. Il faut savoir que très souvent ce que tes ennemis détestent en toi, c'est ce qu'ils détestent en eux. Tu n'es pas obligée de le trouver sympa, mais tu peux changer le regard que tu portes sur lui et ça change tout. Réagis d'une autre manière que celle à laquelle il s'attend. C'est-à-dire que ton personnage réponde au sien. Et puis c'est lui l'idiot qui pense à toi plus qu'à ses dossiers et qui te donne toute son énergie, c'est quand même sympa de sa part ». Elle a mis tout le monde KO et beaucoup sont ensuite parties dans leurs réflexions personnelles pour illustrer ensuite un exemple de leur vie où elles auraient mieux fait de réagir autrement plutôt que de ruminer ce qu'elles avaient pu entendre.

J'adore les observer et je me retrouve de nouveau détachée de la conversation en visualisant la scène « d'en-haut ». D'après ce que j'ai pu lire, je crois qu'il s'agit d'une projection astrale.

Je vois très distinctement chacune de leurs lumières et les dons fabuleux de ces femmes exceptionnelles, si seulement elles pouvaient se voir comme je les vois !

Je retourne doucement dans mon « Moi complet », je me sens simplement bien, sereine et en gratitude. Bref, en mode Bisounours comme dirait Flo.

Sophie monopolise un bout de la soirée à parler de ses multiples rencontres et dire qu'elle va y mettre fin, tout en nous montrant les cinq hommes avec lesquels elle discute en nous donnant tous les détails sur chacun, comme si ça la rassurait de parler à voix haute et de nous partager cela. Je l'écoute en souriant mais Flo n'est pas du même avis et lui lance un : « Arrête de lantiponner ! ». Je pars discrètement voir dans le dictionnaire ce que cela signifie...

Lantiponner : perdre son temps, s'attarder en discours futiles ou inutiles ; tergiverser au lieu de venir au fait.

Je suis soulagée que ça s'écrive comme cela car sur le coup je croyais qu'elle était anti-poney et j'avais prévu de faire une sortie surprise avec nos enfants au centre équestre.

Voyage au centre de la paupière

Deux mois plus tard, j'ai rendez-vous avec Régis, un magnétiseur que j'ai rencontré « par hasard ». Je l'ai pris en stop un jour de pluie alors que je n'ai jamais l'habitude de m'arrêter. Il m'a dit : « Vous pouvez m'emmener ? Je suis à plat ». Je lui ai répondu « Moi aussi… ». Et nous avons discuté du fait qu'il propose des voyages énergétiques qui allègent de certains poids alors j'ai décidé d'essayer. Surtout que je sens mes valises bien lourdes, et pas que sous les yeux. Je me suis sentie prête pour le voyage.

C'était extraordinaire ! Etant donné que je n'avais aucune attente et que c'était surtout de la curiosité, je me suis complètement laissée aller à l'expérience.

J'ai tout de suite senti que je sortais de mon corps, comme lorsque j'étais petite, sans aucune peur. J'ai vu des maisons, des paysages et puis je suis montée bien plus haut. J'ai pu voir ma chère Louise sur une sorte de petite planète ! Elle me souriait, c'était tellement émouvant de la voir et de savoir qu'elle allait bien.

Ensuite, j'ai senti que j'étais dans le corps d'une petite fille, je suppose qu'il s'agissait de moi lorsque j'étais petite et je me suis retrouvée face à des êtres extrêmement lumineux et gigantesques, sans réels visages. L'un d'eux s'est approché et m'a prise dans ses bras ; j'ai ressenti un amour tellement fort, tellement apaisant, comme si tout était là, en moi et tout autour de moi, comme si aucun souci n'existait. J'ai ensuite essayé de voir si je pouvais aller ailleurs mais je crois que mon mental a pris le relais et a voulu revenir pour digérer tout ça. J'ai ouvert les yeux un peu paniquée à l'idée de ce que j'avais vécu. Cette lumière tellement belle, tellement puissante et cet immense amour m'a tout de suite fait penser aux témoignages que l'on peut entendre sur les expériences de mort imminente. Régis me dit qu'il s'agissait sans doute d'archanges. Je trouve l'expérience encore plus merveilleuse.

Ce sentiment de bien-être et de plénitude est resté présent pendant plusieurs jours même si ce voyage m'a mise complètement KO, avec des nausées en bonus. Sophie m'a dit que j'étais complètement maso de faire ça en pleine tempête, dans ce changement de vie qui me rend aussi vulnérable, mais je me sens poussée vers une force, et je ne sais pas comment je le sais mais je sens que c'est bon pour moi et je sens surtout que je n'ai pas le choix.

La continuité de mon éveil spirituel.

Je prends les fleurs de Bach conseillées par Régis, j'ai l'impression qu'elles me permettent d'accompagner cette période de changement intérieur.

Je « digère », je fais souvent des petites réunions avec mon corps et me rends compte que je suis apaisée d'un poids, sans savoir lequel. J'ai beaucoup plus envie de profiter du moment présent et constate que toute difficulté est futile par rapport à ce que l'on est sur Terre. C'est quelque chose de vraiment ancré en moi. Et c'est une grande stressée avec crises d'angoisse à répétition qui parle !

Régis m'a dit que lorsque l'on fait une crise d'angoisse, la guidance intérieure n'est tellement pas écoutée, le mental a tellement les rênes de la vie de la personne sur tous les plans, que l'âme se sent étouffée et qu'elle n'a pas d'autres choix que de dire intérieurement : « ouh ouh je suis là, écoute-moi, tu ne vois pas que je suis au bout du rouleau ».

Il dit que tout ce qui peut nous paraître négatif nous amène une peur (critiques, points de vue différents, etc.).

Tout ce que l'on a vécu depuis l'enfance crée des charges émotionnelles (sur les cellules, les corps subtils, etc.). Des situations ont donc amené des émotions négatives que notre esprit conserve, continuant de relier ces expériences difficiles dans notre système nerveux. Notre corps se raconte donc une fabuleuse histoire et c'est une boucle émotionnelle/mentale qui nous ramène à nos souffrances passées. Nous pensons notre vie pour nous sentir plus à l'aise, en sécurité. On laisse inconsciemment le relais au mental pour qu'il cherche à compenser, guérir, soigner ce qui nous a fait mal dans le passé, alors que ce n'est pas du tout la fiche de poste du mental. Cela rejoint un peu les propos de Sabine. Nos choix sont donc dirigés par le fait d'éviter de ressentir ces charges négatives perçues à un moment de notre vie. Donc on évite le négatif en posant une action pour aller mieux, pour ne surtout pas ressentir à nouveau cette bouse puante en nous. Le mental se met alors en mode super héros au moindre signal d'alarme et, pour que le corps ne revive pas encore les blessures, on sort le gogo gadget au bouclier (les plus vieux comprendront). Mais le mental ne sait pas qu'il revit justement l'expérience pour que l'émotion puisse passer à travers le corps, que celui-ci peut se détendre enfin la nouille car tout est ok et que le tout puisse se libérer. Alors la vie nous représente encore et encore la même situation, que l'on pense être négative. On élabore ainsi des objectifs pour nous réparer, pour créer une réalité qui cherche à éviter le négatif en allant vers le positif. Pour, pour, pour... Si l'on observe nos actions au quotidien, la plupart sont orientées vers le POUR. Le mental a souvent du mal à accepter ce que la vie lui propose et, au lieu de laisser l'être ÊTRE, il passe son temps à faire POUR contrer ce que la vie lui propose :

- Je ne veux plus ressentir cette angoisse à chaque fois que je me sens humiliée par mon boss ? Je vais payer un stage 5000 euros le week-end pour tenter de me libérer.

- Je n'accepte pas que mon vol ait été annulé ? Je vais être en colère deux mois contre la compagnie aérienne, l'aéroport, la meuf du guichet, la boulangère et le facteur pour ne pas chercher à comprendre la véritable raison.

- Je me sens inférieur aux autres ? Je vais essayer, souvent inconsciemment, de convaincre mon entourage en me vantant pour qu'au moins eux pensent que je suis une bonne personne et me soulager un peu.

- Je ressens de l'injustice quand on oublie mon anniversaire ? Je vais faire en sorte que mon entourage sache qu'ils m'ont fait de la peine pour qu'ils se fassent pardonner et avoir de l'attention.

On joue un Je biaisé.

Les personnes qui vont bien ne sont pas dans la volonté d'échapper à quelque chose de négatif, elles sont, c'est tout. Elles se laissent traverser, en se détendant et en gardant la foi. Plus elles sont détendues, plus elles se libèrent et plus elles ont la foi et plus elles se détendent… Le cercle vertueux et majestueux de la vie.

Voilà le discours passionnant de Régis, j'ai tout compris mais j'ai l'impression que c'est difficile à appliquer. Il suffirait simplement que je me détende la nouille ? Ça me paraît trop simple.

En tout cas, je repense souvent à ce sentiment d'amour jamais connu auparavant que j'ai pu ressentir avec ces êtres intensément lumineux. Je crois que ma perception de la vie ne sera plus jamais la même par la suite. La fin de la peur de la mort.

Femmes, je vous aime

Avec Sophie et Flo, nous nous sommes rendues quelques mois plus tard à un événement auquel j'ai toujours voulu participer sans oser franchir le cap : une rencontre entre femmes ! Pas dans le genre où on se met dans un coin et où on va dire que Brigitte a de grosses miches et que la frange de Mireille ne lui va pas du tout. Il s'agit plutôt d'une rencontre en toute bienveillance avec des échanges sur la manière de vivre sa féminité, des conseils pour développer son intuition, apprendre à se connaître et à s'aimer : on aurait dit que cela avait été écrit pour moi.

Nous avons donc rencontré Vanessa, une coach du féminin sacré, c'était merveilleux !

Nous étions quatorze femmes de 22 à 64 ans d'apparence vraiment très différente. Infirmière, institutrice, en recherche d'emploi, à la retraite, en congé parental, en création d'entreprise, vendeuse, secrétaire, agent de police. Baba cool, sportive, glamour. Timide, nerveuse, extravertie, émotive, déchaînée. L'une avec une peur maladive des poules, l'autre tellement mal à l'aise qu'elle sortait des blagues toutes les deux minutes. Encore une autre qui avait toujours un mot à dire à propos de quelqu'un, elle est vendeuse de chaussures et elle semelle de tout.

En revanche, les similitudes sur nos parcours de vie que nous avons pu constater au cours de la journée étaient assez fascinantes. J'ai dû entendre au moins cinq fois « ah ben moi aussi » et je me suis beaucoup retrouvée dans le parcours de femme de l'institutrice et de la dame à la retraite : la même fragilité, les mêmes blessures.

J'ai senti qu'une porte s'ouvrait pour moi, une forme de reconnexion. J'ai appris beaucoup de choses sur la signification du féminin sacré, comment on pouvait guérir, s'aimer, apprendre à ressentir, à être réceptive et entière à travers l'énergie féminine et la compréhension de notre nature.

Elle a aussi parlé de reines et de déesses que nous sommes toutes, et ça fait franchement du bien à entendre. Ah bon je suis une déesse et une reine ? Je pensais plutôt être une vagabonde de l'amour espérant que quelqu'un ferait de moi un jour une princesse.

Je ne savais pas que les couronnes sont censées symboliser l'anneau spirituel de lumière qui s'active sur quelqu'un qui est spirituellement connecté et conscient.

Lorsque l'on met une couronne, on se souvient non seulement de notre pouvoir de tracer notre propre destin, mais également de notre pouvoir spirituel. Notre capacité à connecter le ciel et la terre à travers notre propre corps. Et pendant tout ce temps, moi j'ai transformé mon corps en mendiant. Oui, je l'ai tellement jugé et critiqué que mon propre corps a dû mendier de la nourriture et de l'amour. Parce que je pensais que j'étais si peu, j'ai utilisé des pirouettes pour essayer d'obtenir du pouvoir et de l'affirmation. En fait je n'étais pas une mendiante, j'ai toujours été une reine. Et j'ai trouvé ma couronne ! J'ai tellement désespérément voulu être aimée que j'ai caché ma couronne en pensant qu'elle était trop brillante et écrasante pour les autres. Alors je m'asseyais sur la couronne et je m'affaissais pour pouvoir cacher ma reine intérieure. Il y a tellement de femmes que je côtoie qui ont aussi oublié qu'elles avaient une couronne, que je n'ai pas soutenu ma propre énergie. Ma couronne a rétréci et est devenue si faible qu'elle était à peine visible. Je peux choisir de m'en souvenir ou de l'ignorer. Mais mettre sa couronne et se rappeler de la garder est l'une des choses les plus importantes qu'une femme ou toute personne puisse faire dans sa vie. On nous a montré et illustré dans les contes de fée qu'il ne peut y avoir qu'une seule reine. Et si nous avions toutes été des reines depuis le début ? Et si nous pouvions toutes en être dignes ? Et si nous mettions nos couronnes en premier et que nous devions ensuite rappeler à tout le monde de mettre les leur ? C'est là que nous trouvons notre vrai pouvoir : le pouvoir qui nous éclaire de l'intérieur.

Elle nous a dit qu'en apprenant à nous connaître et à nous aimer, cela va ainsi nous inciter à nous affirmer. Je cite : « Est-ce que vous pensez que les autres vont laisser une place à quelqu'un qui se laisse faire et qui ne prend pas lui-même sa place ? Sachez qu'il y a de la place pour tout le monde mais si vous ne la prenez pas, personne ne vous la donnera. C'est comme le jeu des chaises musicales, il faut savoir s'imposer tout en étant authentique ». Je ne sais pas pourquoi mais je me suis imaginée jouer à ce jeu en m'imposant vraiment et en m'asseyant sur une chaise sans arriver à en sortir mes fesses et je me suis pris un fou rire monumental qui a bien détendu tout le monde !

Et par 's'affirmer', elle entend aussi qu'à chaque fois qu'on nous demande une action, il faut être sûre que notre feu soit bien au vert. Si on sent que le feu intérieur est rouge, on dit non ou on attend un peu. Et le fait de dire non peut servir aussi l'autre, pas sur le moment bien sûr mais si c'est aligné avec nous, ce sera forcément aligné avec la personne même si elle désapprouve cela au début, elle nous remerciera plus tard.

J'ai vraiment été inspirée par cette journée et quelque chose me dit que ce n'est pas fini ! Je repense à cette histoire de couronne et j'ai l'impression d'être Cléopâtre ce soir, nez en moins avec des fesses en plus.

Déformation personnelle

J'ai la tête pleine d'informations, de méthodes, de théories, de recherches sur le bonheur, sur la guérison, sur l'élévation. Mais à quoi cela sert-il de savoir comment être heureux dans sa tête, sans vivre tout simplement, avec tout son corps, son âme et son esprit ? Je crois que la formation déforme. Et elle déforme aussi mes formes puisque j'ai toujours mes grosses fesses et que Léo m'a dit un soir : « Regarde maman, tes fesses tremblent ! ».

Le lendemain, je décide de me vider la tête en partant me balader avec les enfants faire le tour d'un étang où nous aimons beaucoup aller. Au milieu de la balade, nous nous asseyons dans l'herbe pour prendre le goûter et observer les nuages. Chacun y va de son interprétation, nous fixons un gros nuage et Romy y voit un chien, Léo un dinosaure, Anna des immeubles et moi un lapin en train de boire une bière, nous rions beaucoup et sommes tout simplement bien, tous les quatre allongés dans l'herbe.

Anna nous dit que c'est dommage que ce nuage cache la jolie colline d'en face. J'ai tout d'un coup eu une information qui est venue dans ma tête, celle que l'on est naturellement des êtres en interaction avec les éléments puisque nous sommes composés de la même énergie, nous n'avons juste pas la même densité. Nous sommes donc tous le cinquième élément. Je leur explique tout cela et je leur propose, puisque nous sommes de la même énergie que ce nuage, d'essayer de le déplacer. Je leur dis de se concentrer sur leur cœur, de bien respirer pour se détendre, d'imaginer que nous ne sommes qu'un avec ce nuage et tout simplement de le déplacer par l'intention en étant aussi sûr qu'il va se déplacer que lorsqu'ils lèvent le bras pour boire un verre d'eau.

Leur étonnement et leur sourire lorsque le nuage s'est déplacé pour laisser place à la jolie colline a été magnifique à voir. J'ai compris que des moments comme ceux-ci valaient toutes les théories du monde.

Allo maman bobo

Il y a des moments où les balades avec les enfants se passent bien et d'autres où c'est l'enfer. Un jour, nous allons au parc avec les enfants et bien qu'ils soient un peu plus « grands », à peine étions-nous arrivés que j'avais déjà envie de les laisser et de partir en courant.

Anna a fait la tête tout du long parce qu'elle estime que le parc, c'est pour les bébés alors que nous nous sommes juste baladés en mangeant un goûter. Romy a voulu aller jouer sur le mur d'escalade, Anna lui a dit qu'elle n'arriverait jamais à grimper parce qu'elle était nulle en tout et surtout très envahissante, ce qui a mis Romy dans un état épouvantable ! Ma petite fille m'a dit dans un énorme sanglot qu'elle voulait retrouver sa jeunesse et le moment où tout le monde l'aimait. Mon Wonderwoman-mètre était à zéro.

J'ai tout de même expliqué à Anna que lorsque l'on critique un enfant, il ne cesse pas de nous aimer, il cesse de s'aimer lui-même. Même si c'est encore difficile pour elle de comprendre cela, et bien légitime ces chamailleries entre sœurs, j'ai l'impression qu'elle a un peu pigé le concept.

Elle est quand même allée jouer sur le mur d'escalade, elle s'est d'ailleurs très bien débrouillée, et elle m'a dit en revenant : « Maman j'ai un secret, la dame là-bas elle a dit à son petit garçon qu'il allait avoir une fessée en redescendant s'il montait encore plus haut ». J'ai répondu par un autre secret : « Tu sais, c'est difficile d'être une maman, la dame ne savait sûrement pas quoi dire d'autre ». Je n'ai pas compris cet élan de bienveillance que j'ai eu envers cette maman, mais après tout je la comprends tellement. Et encore plus son t-shirt « Je ne subis pas la pression, je la bois ».

Love is in the air

Je continue mes affirmations, je me décourage, j'arrête puis je continue. Un film m'a particulièrement touchée. Je le regardais distraitement sur la tablette tout en cuisinant, je n'arrive pas encore à me poser vraiment, il faut toujours que je cherche à « optimiser » mon temps...

Le film raconte l'histoire d'un homme qui souffrait beaucoup de son attachement à une femme et qui s'est battu pour trouver le non-attachement et l'amour inconditionnel ailleurs que chez une partenaire. J'ai tout de suite conseillé ce film à Sophie. C'était tellement beau que j'en ai pleuré !

Romy est arrivée à ce moment-là et elle m'a dit : « maman, arrête de pleurer quand tu épluches des oignons, tu ne penses pas qu'il y a des choses plus graves dans la vie, grandis un peu ! ».

Donc cette histoire de non-attachement m'a beaucoup plu et cela peut s'appliquer à toute situation ou personne. Car à partir du moment où l'on supporte des moments difficiles sous un autre angle, avec un certain sens de l'humour, en s'assurant qu'un jour meilleur viendra (non pas « mon prince viendra » mais un jour meilleur c'est plus sûr), on peut profiter des beaux moments sans avoir peur de les voir prendre fin.

Ce n'est pas facile à faire mais cela fait du bien à entendre, du moins à en prendre conscience. Ne pas être attaché au succès ni à l'échec, car c'est en se plantant que l'on pousse, ni au plaisir ni à la douleur. Cela ramène à la seule chose invariablement présente et stable : notre Moi profond dénué du personnage.

L'acteur a trouvé l'amour inconditionnel indépendamment de l'objet de l'amour. Il n'a pas focalisé son amour sur une personne en particulier car l'acte d'aimer ne dépend pas de la personne. Il a compris que si sa compagne disparaît de sa vie, l'amour inconditionnel sera toujours présent en lui, débordant du cœur, prêt à se concentrer sur un autre être humain merveilleux quand ce sera le bon moment. Il a compris que la source de toute forme d'amour se trouve en nous, et on ne dépend de personne pour l'exprimer et la faire jaillir à tout moment.

Je pense qu'en arrivant à cela, on peut vivre un grand changement libérateur. En comprenant que l'amour peut émaner de nous et que personne d'autre n'en est responsable, on peut alors continuer à aimer les autres, sans peur ni attachement. En réalisant qu'aucun événement douloureux de la vie ne peut nous éloigner de cet état d'être.

S'exercer à pratiquer le non-attachement est alors indispensable pour développer l'amour inconditionnel, une attitude non-attachée vis-à-vis des choses et des personnes, et la capacité d'apprécier le moment présent avec intensité et passion. Et surtout accepter avec joie l'impermanence de la vie en revoyant constamment toutes nos vieilles croyances.

Oui l'amour conditionnel est une émotion parmi d'autres et l'acteur l'a expérimenté sur le gigantesque plateau de la souffrance. Et pour y aller, il lui a fallu traverser un fleuve à la rame, celui de notre grand ami l'ego. Car tous les hommes naissent libres en ego mais tôt ou tard, dans toute démarche d'évolution, il faut y plonger la tête la première, y faire face, que ce soit de gré (avec la sagesse, le choix) ou de force (dans l'épreuve, le refus). Avoir le courage d'aller sur l'autre rivage, là où l'ego n'est plus et où l'éveil prend toute sa place. Ce que l'on appelle le « Tout à l'ego » ! Là où le jugement disparaît, devenu inutile, car l'observateur a pris son poste le plus haut et permet au détachement émotionnel de s'installer paisiblement.

Tout a un ordre, un sens, et nous ne nous en rendons pas compte car nous sommes dans l'expérience. Et les expériences de vie sont comme des examens, sauf que tout le monde n'a pas les mêmes questions. Alors ne perdons pas d'énergie à nager à contre-courant, gardons nos forces et laissons-nous flotter ! Je reviens, je vais chercher ma bouée canard.

Paroles, paroles

Sophie a la rage ! Elle s'est encore fait avoir... Les hommes lui disent ce qu'elle a besoin d'entendre, des paroles, toujours des paroles, uniquement pour l'avoir dans leur lit : « je veux conquérir ton cœur », « je prendrai le temps qu'il faut », « tu es mon rayon de soleil », ... Vas-y que je t'inonde de messages toute la journée avec des cœurs, que j'ai trop envie de te voir et que je t'ignore complètement une fois partie de mon lit... Elle multiplie les rencontres et tombe soit sur des hommes fuyants soit sur des hommes contrôlants. J'aurais ri si je n'avais pas vu mon amie avec le cœur brisé.

Et en plus elle nous a dit qu'elle était complètement fauchée et qu'elle se sentait encore plus moins que rien.

La confiance en elle en a pris un sacré coup... Alors je lui ai assuré qu'elle n'a pas changé entre le moment où il l'a contactée et le moment où il a fait le mort mais elle ne peut s'empêcher (enfin c'est son petit personnage rabat-joie) de penser qu'elle n'est pas « assez » et elle rêve de vieillir auprès de quelqu'un qui ne l'enferme pas dans sa vision stéréotypée du monde, qui regarde tout son potentiel et non sa fragilité.

Elle était tellement mal la pauvre, elle m'a suppliée de la secouer pour la sortir de là.

Alors j'ai commencé par lui sortir un de mes t-shirts de secours, qu'elle va pouvoir envoyer à son ex « Tu m'as vendu du rêve, j'aimerais être remboursée » et j'ai posé mes deux mains sur ses joues, je l'ai regardée dans les yeux et je lui ai dit :

« Aujourd'hui est un grand jour, un grand réveil, une grande claque, arrête de te brader ! Toute la rage du non-respect que l'on t'inflige et que tu t'infliges depuis trop longtemps va se transformer en respect pour toi, quoi qu'il arrive. Tu vas maintenant toujours prendre un temps de recul et de réflexion avant chaque action pour te demander si ce que tu fais/écris/dis est aligné avec le respect que tu mérites. Tant pis si tu es seule le soir. Tu crois vraiment qu'il y a un choix qui se fait entre une soirée avec un homme qui ne te rappelle pas le lendemain et qui te fait l'effet d'un couteau dans le cœur et une soirée devant une série passionnante ou un chouchoutage de ton joli corps ?

Et ma petite poulette ça va piquer un peu mais les gens qui t'entourent ne sont qu'une réflexion de comment tu te vois et te traites. On ne peut donner aux autres que ce qu'on a déjà et on ne peut recevoir des autres que ce qu'on se donne à soi-même. Lorsqu'il n'est pas ressenti dans le corps, l'amour de soi n'est qu'un simple concept à la con. Tu vas me demander où je veux en venir mais tu vois le panneau qu'on voit parfois lorsqu'on va aux toilettes des restaurants :

« Merci de laisser cet endroit dans l'état dans lequel vous l'avez trouvé ».

C'est en fait exactement le panneau qu'on porte tous sur notre front. Si on arrive aux toilettes et qu'ils sont sales, on ne va faire aucun effort, et si on fait tomber du papier à côté de la cuvette mais qu'il y a des papiers sales qui recouvrent le sol, il y a des chances pour qu'on ne prenne pas la peine de se baisser, le ramasser, et le placer bien proprement là où il devrait être.

Mais si les toilettes sont aussi propres « que vous désirez les trouver en entrant », que ça sent bon les fleurs, qu'il y a une petite musique d'ambiance et un super sèche-mains, on va surement faire l'effort de se pencher pour ramasser le papier, et on le fait même avec plaisir. Nous nous adaptons naturellement aux standards qui nous sont donnés. Et bien c'est la même chose pour faire appliquer tes limites aux autres. Tu as seulement à élever tes exigences et incarner tes limites du mieux que tu peux et les gens s'adapteront naturellement à ton niveau. Et n'oublie pas que les gens qui sortent des toilettes bien tenues se sentent mieux à propos d'eux-mêmes ! Car plus tes exigences seront élevées, mieux on te traitera ET mieux les gens se sentiront autour de toi.

Tu ne vas pas passer ton temps à espérer qu'un homme te fasse sortir de la pénombre, tu vas apporter ta propre lumière à ta vie et éclairer ton chemin tout en étant libre et heureuse.

N'aie pas peur d'être seule, il vaut mieux être seule et garder ta confiance que d'être avec un tocard qui ne respecte pas tes exigences et tes limites. Ta valeur n'est absolument pas liée à une personne ou à ton compte en banque. Quand tu es née, tu n'es pas arrivée avec des billets ni avec une grosse voiture et on t'aimait de manière inconditionnelle. La valeur d'une veille voiture ne sera sans doute pas la même chez un garagiste que chez un collectionneur, et pourtant ce sera la même voiture. Et bien c'est pareil pour nous, il faut juste s'adresser à la personne qui reconnait ta valeur la plus haute. Tu ne peux pas combler un manque avec une personne, ce n'est pas de l'amour, c'est du marchandage. Et tu vois bien comme la chute est dure à chaque fois, cette sensation de vide que tu ressens. On ne peut pas remplir un vase percé, il te faut d'abord apprivoiser cette solitude en disant à ton foutu personnage que « tu es assez » quoi qu'il arrive, dans n'importe quelle situation, avec n'importe quelle personne. Une personne qui s'en va est juste une personne qui ne correspond pas à ta vibration du moment, cela n'a rien à voir avec ta grande valeur.

Tu es une femme de valeur et tu ne laisses maintenant plus aucun goujat te prouver le contraire, ta féminité est une force et tu t'en sers comme d'une arme. Si tu ne veux plus être le dindon de la farce, sois le dindon de la force. Rends-toi inaccessible. Certaines choses se gagnent à condition de le mériter, il faut savoir attendre pour donner envie et tu n'es pas obligée de suivre la mode de la surconsommation. Finalement cela ne nous viendrait pas à l'idée de cueillir une fleur si elle n'a pas fini de pousser ou de manger un fruit s'il n'est pas mûr, je pense que pour une relation c'est pareil ».

Elle m'a regardée avec des yeux écarquillés, suis-je allée trop loin ? Et puis elle a fondu en larmes en me serrant dans ses bras, j'ai senti à ce moment-là que quelque chose se libérait dans sa poitrine, un grand soupir profond et délivrant, j'espère maintenant qu'elle arrivera à faire des choix en pensant à se respecter, sans l'envie de combler un besoin.

Déesse jusqu'au bout des fesses

Je me suis offert mon cadeau de Noël : une nouvelle journée 'féminin sacré' avec Vanessa ! Flo n'a pas pu venir mais Sophie m'accompagne pour cette journée.

Le thème était : AU REVOIR LA PRINCESSE, BONJOUR LA DÉESSE...

Elle a commencé par nous dire que la beauté extérieure se fane inévitablement. Ça on le sait et ce n'est pas cool. Mais la beauté d'une femme ne disparaît pas avec l'apparition des rides, elle ne peut se réduire à l'apparence physique. Elle est bien plus. Où est-ce que la femme est la plus belle ? A l'intérieur. Il s'agit non pas de la femme d'intérieur mais de l'intérieur de la femme. C'est ce qu'elles ont en elles qui les rend si spéciales. Avant, la beauté était associée à la bonté. Les grecs ont même inventé un mot pour la décrire : kalokagathia (beauté-bonté) et Platon disait : « La puissance du bien s'est réfugiée dans la nature du beau ».

La femme est belle lorsque l'enthousiasme et la joie font renaître l'enfant qui est en elle, quand elle exprime sans crainte et librement sa tendresse et sa simplicité, quand elle s'émerveille, quand elle a pour les autres une amitié sincère, libre, fidèle et presque maternelle, quand elle protège, écoute et cherche le bien-être de ses proches, quand elle est humble et ne cherche pas à attirer l'attention, quand elle sait écouter, quand elle ne craint pas de montrer ce en quoi elle croit, quand elle transmet avec délicatesse la paix et le calme à travers ses gestes et ses mots, quand elle voit le meilleur en chacun, quand elle est accueillante et authentique et quand elle a pleinement connaissance de son monde intérieur.

A ce moment-là, je me suis demandé s'il existait réellement une nana comme celle-ci ! Parce que j'aimerais bien être sa copine.

Puis elle nous a parlé de cette image limitante où l'on croit depuis petite devoir attendre patiemment notre prince charmant qui viendra nous délivrer de notre tour, nous emmènera avec lui sur son cheval blanc pour nous faire une farandole d'enfants accompagnés de vergetures sur un lit de varicelle.

La princesse comprend désormais qu'elle puise son pouvoir en elle et non dans le regard de son prince. Elle est totalement indépendante et courageuse devant les défis de la vie. Elle n'a plus besoin de croire que l'idéal de la beauté, l'attitude à avoir, le tour de taille et de poitrine ou le comportement sexuel doivent être faits pour plaire aux autres et particulièrement aux hommes.

Elle n'a plus besoin d'être en constante confrontation avec les autres femmes parce qu'elle a confiance en sa propre valeur. Parce qu'elle sait prendre des décisions seule, elle est à l'écoute de son corps et de sa féminité. Elle endosse avec assurance et sans culpabilité ses multiples rôles, tantôt la séduisante, la mère, la sauvage, la sage, l'éternelle enfant, la douce, l'amante, l'ambitieuse... Parce qu'elle comprend que toutes ces facettes ne font pas d'elle une capricieuse, mais une femme en reconnaissance de son être cyclique de renaissance et de mort, changeant tout comme le rythme de la vie et de la nature. Quand la princesse fera resurgir la déesse en elle, alors elle rencontrera naturellement son « dieu » charmant.

Et alors leur amour sera d'une infinie richesse et capable de les élever encore plus haut ensemble ! Toutes les femmes naissent princesses et puis la vie les fait devenir guerrières, puis déesses.

L'énergie féminine est reliée à la lune (l'énergie masculine au soleil), elle est cachée, dans l'obscurité (contrairement au soleil), tout comme les organes féminins qui sont également cachés (contrairement aux hommes). Son rôle est donc uniquement d'attirer et de créer (tout comme elle crée un enfant, mais pas uniquement). Elle n'est pas dans l'action, mais dans la réception. Alors que la plupart des femmes sont constamment dans l'action, c'est probablement le concept le plus difficile à saisir pour les Wonder Women de nos jours.

Elle prend un exemple qui me fait immédiatement regarder Sophie en rigolant. Lors d'un rendez-vous avec un homme, si la femme appelle ou envoie un message en premier alors elle se met directement dans une énergie masculine et le repousse automatiquement car elle devient de la même polarité que lui, comme deux polarités d'un aimant qui se repoussent. L'énergie masculine est dans l'action, la stratégie, la conquête, l'homme a besoin de « chasser » alors que l'énergie féminine est dans l'intuition, la réception puis dans la création. À noter que nous avons chacun une énergie féminine et masculine en nous, hommes comme femmes, tout est une question d'équilibre et d'attirance entre polarités, l'énergie féminine étant évidemment beaucoup plus présente chez les femmes et inversement.

Ce furent les beaux enseignements de la journée, cela me paraît quand même hyper dur à atteindre mais je sais que tous ces mots font leur petit bonhomme de chemin en moi et me permettent de découvrir d'autres facettes de la femme et encore une fois, on est beaucoup plus que ce que l'on croit ! On a fait également des exercices d'intuition, des méditations guidées, une danse intuitive. Je suis rentrée gonflée à bloc (de bonnes énergies et de brownie) prête à rencontrer mon Dieu charmant.

J'ai demandé à la lune

Ce soir c'est la pleine lune et c'est aussi la veille de mon anniversaire, et comme je suis seule, j'ai eu l'idée d'utiliser l'étrange objet que j'ai acheté sur un marché : l'œuf de Yoni. La vendeuse était tellement douce et calme en me parlant des bienfaits de cet œuf que je me suis dit que je voulais moi aussi de sa Soupline cosmique ! C'est un quartz rose en forme d'œuf à placer dans le vagin avec un petit trou à l'extrémité auquel on peut attacher un fil pour être plus sereine et être sûre qu'il ne va pas partir se balader, on ne sait où d'ailleurs parce que j'imagine toujours mon utérus comme un labyrinthe. Apparemment les bienfaits sont nombreux, il tonifie le périnée, équilibre les états émotionnels, aide à la guérison des blessures d'amour, améliore le plaisir sexuel et active la puissance féminine. Rien que ça ! Alors c'est parti, elle m'avait dit de mettre un fil dentaire à l'extrémité, j'avais justement pensé à en acheter la veille. Donc je fais mon petit nœud, ensuite il est écrit qu'il faut le placer en douceur avec tout un rituel. J'ai un rituel audio avec le mien donc je me laisse porter non sans appréhension.

Le rituel terminé et l'œuf mis en place, je prépare mes demandes à la lune de purification avant de sortir dehors. Je prends ma bougie, mon tambour lorsque je me rends compte que j'ai pris du fil dentaire mentholé et que ça commence sérieusement à me chauffer et au moment où je sors dehors et que je vois la lune, l'œuf tombe. Je ferai un autre essai plus tard, j'ai voulu demandé à la lune et la lune s'est moquée de moi.

Ainsi vont les vies

Tout cet univers me fascine : je m'essaie au pendule, au tirage de cartes, je purifie toutes les pièces à la sauge, je me la joue chamane, je me crée un autel avec des bougies, des pierres, des images inspirantes et je m'inscris sur un groupe en ligne qui fait des échanges de tirages de cartes.

Une dame qui s'appelle Maud m'a fait un tirage de cartes sur une vie antérieure que j'aurais eue dans la Grèce antique avec des dons de guérison et un amour pour les chevaux. Ces informations valident évidemment beaucoup de choses.

Je serais apparemment morte jeune en ayant découvert beaucoup de choses sur la spiritualité. Elle m'a dit que j'étais une vieille âme et que j'avais des enseignements à transmettre. Elle m'a parlé d'une aisance financière que j'ai eue dans d'autres vies et qu'il faut que je me détache de l'aspect financier dans celle-ci. Super, et le frigo il va se remplir tout seul ! Phrase préférée de ma grand-mère.

Je prends un peu de recul sur tout ce qu'elle a pu me dire, après tout on ne sait pas à quel point le mental peut jouer. Je crois en la réincarnation, je ne pourrais pas dire pourquoi j'y crois mais je sens cette vérité dans mon cœur et j'ai la sensation d'être de retour sur Terre.

Un soir, je lis un livre qui me plaît plus ou moins, « Les songes de la louve », mais une page retient immédiatement mon attention où l'on voit une sorcière qui meurt brûlée sur le bûcher, avec un texte qui accompagne l'image, je m'endors tout de suite après et me réveille en suffoquant.

Je me place devant mon autel pour me centrer sur ma respiration et tenter une méditation même si je sens déjà que ça va m'emmerder. Dès que je ferme les yeux, j'ai une horrible sensation de vertige, la tête qui tourne, des nausées, je suis obligée d'ouvrir à nouveau les yeux pour ne pas perdre l'équilibre. Je regarde sur Internet et je vois qu'une respiration trop peu profonde et saccadée a des effets immenses et peut être la cause de mal-être et de sensations de vertige, surtout lors d'une méditation. Calme-toi un peu Juliette.

Je ne cherche pas à conscientiser l'histoire de la sorcière même si j'ai une petite idée avec cette impression de déjà-vu et une odeur de brûlé… Mais c'était juste mon grille-pain, j'avais pris une petite faim.

Le moral dans les choses chouettes

Je passe une petite période de déprime, je me vois scroller les réseaux sociaux sans autre but que de me distraire. Ou plutôt faire taire ce qui me sert de caboche, car ce qu'elle me dit cette mégère de caboche n'est pas très sympa. Elle m'affirme que je suis un imposteur (cher lecteur, imposteur est toujours masculin selon le Larousse, c'était la minute culturelle), que je ne vaux pas un clou par rapport à ces belles nanas hyper zens avec un frigo super bien rangé, des boîtes avec des plats faits maison étiquetés et qui disent qu'elles sont au bout de leur vie parce que Philomène avait de la morve au nez sur la photo vue par ses 321 000 abonnées. Elle me dit aussi que je ne mérite pas d'avoir tout ça, un homme merveilleux qui me correspond, de l'argent facile en montrant une purée de carottes pour bébé, un corps magnifique. Le pire c'est que je suis persuadée que c'est vrai.

Bref, le moral dans les chaussettes et l'impression d'avoir oublié tous mes bons principes.

Un peu honteuse, j'envoie un message en mode détresse à Sabine à qui je n'avais pas parlé depuis longtemps pour lui parler de ma sensation de solitude. Je lui parle aussi de mon impression de régresser, d'avoir fait tout ce chemin pour me retrouver aussi triste qu'un bonnet de nuit. Elle commence par me dire :

« Soyons claires, les seules personnes qui n'ont pas de problème sont au cimetière ! Déjà ne culpabilise pas de traverser une période difficile. Lorsqu'un arbre perd ses feuilles en automne, il ne se dit pas « Je n'ai pas de bol, je suis vraiment nul ». Comme lui, tu ne dois pas tirer de conclusion hâtive sur ton identité basée sur la période que tu traverses. Tes émotions ne te définissent pas, elles sont temporaires. Laisse-les aller. Tu imagines si l'arbre résistait à perdre ses feuilles de peur de ne pas les retrouver le printemps suivant ? La vie est cyclique et il te faut respecter ses cycles et accepter de les vivre. Les périodes super méga canons comme les périodes creuses. Elles sont toutes deux utiles. Mais les gens ne vivent pas les mêmes cycles au même moment. Il ne sert donc à rien de se comparer.

Sabine poursuit : « Pour moi c'est encore pire parce que je fais des stages bien-être, et tout le monde s'étonne lorsque je suis en colère ou que je ne vais pas bien. Alors que c'est justement le chemin de décrotter le personnage et les émotions qui vont avec. Toute notre vie, nous allons enlever des couches d'oignon qui vont faire osciller nos émotions puisque notre âme a choisi d'expérimenter un certain panel d'émotions. Les réactions, actions et conséquences à ces émotions seront certainement à chaque fois différentes, plus courtes, plus élévatrices, ou de temps en temps plus longues, plus douloureuses. Et puis tu te rappelleras que ça ne dure pas, tu te rappelleras à quel point ça te soulage de revenir à ta véritable essence. Plus tu vivras d'expériences compliquées, plus tu seras amenée à revenir à elle, et plus tu te souviendras combien cela t'apaise et qui tu es vraiment.

Il est bon de se rappeler que nous devons respecter le rythme de nos activités intérieures. Tout comme les saisons rythment nos récoltes, notre rythme intérieur alterne entre les graines que l'on plante et les fruits que l'on cueille. Quand parfois tu rencontres plus de difficultés à percevoir de la clarté dans ta vie, imagine que tu es dans cette période où tu dois préparer le terrain pour accueillir les nouvelles semences. Retire les pensées polluantes et les émotions qui ne constituent pas un terreau fertile à l'épanouissement de tes futures graines. Veille à ce que ce terreau soit prêt à les accueillir pour une floraison riche et pleine de vie, avec peut-être de nouveaux spécimens rares d'une beauté merveilleuse. Car dès lors que ton jardin est en friche, tu abandonnes ton rôle de le maintenir disponible à recevoir toute l'abondance qu'il mérite.

En attendant, tu peux demander à ta guidance intérieure et aux forces les plus pures et les plus élevées de l'univers de t'aider à devenir l'amour dont tu rêves, et d'apprendre à être l'amour dont tu as besoin. Rien que de le visualiser tu te sentiras déjà moins stressée et moins seule. Alors imagine ce que tu peux matérialiser en maintenant cette pensée en permanence !

La haine

Heureusement que mon métier me ramène les pieds sur Terre. Je fais régulièrement des surveillances de quartier avec mon collègue Jean-Louis, ce que l'on appelle de la surveillance préventive pour rassurer les usagers, mais aussi dissuader les éventuels délinquants de passer à l'acte. Je ne suis pas sûre de bien leur faire peur d'ailleurs du haut de mes 156 cm, et encore plus Jean-Louis avec sa moustache, on dirait un stripteaseur à la retraite. Heureusement qu'on s'entend bien tous les deux, on rigole souvent quand on le peut pour relâcher la pression. Quand il me fait peur en me disant : « Vous êtes cernés ! Et pas qu'aux yeux ! », ça me fait toujours mourir de rire. Au début c'était très difficile de sentir l'animosité de ces quartiers à l'égard des forces de l'ordre. Quant aux jeunes qui commettaient des incivilités ou des actes de délinquance, j'avais vraiment l'impression que c'étaient des gens haineux et que de fait, ils me détestaient moi, on ne se refait pas ! Et je n'étais pas préparée à ça, à ce choc-là ! Je ne comprenais pas pourquoi j'étais confrontée à tant de haine ! Mais toute l'énergie qui a travaillé sur moi ces dernières années m'a finalement amenée à me détacher de cette haine, au contraire je leur envoie beaucoup d'amour et de compassion. Et maintenant lorsque je vois écrit « nique la peau lisse », ça me fait juste penser qu'il faut que je rachète de l'antirides.

Siffler en travaillant

Je sens que j'ai besoin de changer quelque chose dans ma vie professionnelle. J'aime pourtant ce que je fais : assurer la sécurité des gens, défendre leurs intérêts, veiller à la justice. Mais cela fait, je crois, plus de deux ans que je traine les pieds pour aller travailler. En même temps, rares sont ceux qui sifflent en allant travailler, à moins d'être un des sept nains. Cela fait un moment que je réfléchis à ce que je pourrais faire : créer une entreprise ? Suivre une formation (mais laquelle ?) ? J'arrive maintenant à repérer mon personnage et ses croyances qui me limitent lorsque je me dis que « de toute façon, moi je suis si, moi je suis ça, moi ce sera toujours comme ça, la vie c'est dur, il faut bosser dur, … ».

Je repense à un article que Sophie m'a partagé ce matin : « L'être humain peut se comparer à quelqu'un vivant confiné dans une chambre et pleurant sur ses limitations, incapable de voir que les autres pièces de la maison sont pleines de trésors. Ou comme un éléphant qu'on laisse attaché à un piquet et qui n'ira jamais plus loin parce que depuis tout petit on le laissait avec une grosse chaine, et il s'est conditionné pour ne pas dépasser une certaine limite ». J'essaie de démonter ces croyances une par une en me rassurant : « Est-ce qu'il existe une personne sur Terre qui, avec les mêmes circonstances (seule avec ses enfants, peu d'argent, envie de changer de job, etc.), y arrive ? Bien sûr que oui ! ».

L'article parlait aussi des possessions extérieures et de l'argent. Il était évoqué que lorsque l'on a l'impression de manquer d'argent, on va être amené à dédier toutes nos pensées à cette peur de perdre cette possession extérieure et on en oublie d'Être. « Les possédants sont possédés par leurs possessions ».

Alors que lorsque l'on conscientise qui on est vraiment, la source individualisée, on sait que l'on mérite de bien gagner sa vie et que, de toute façon, on gagne notre vie dès la naissance. On sait qu'on a été créé avec un cœur, une respiration, des organes et des cellules fantastiques et que l'abondance fait aussi partie du package.

Il est donc important de ne jamais se soumettre à cette volonté de gagner de l'argent, de faire passer cette volonté avant de ressentir qui nous sommes vraiment car l'abondance n'est pas une question de chance, c'est une conséquence de l'alignement avec notre être. Et la nature de notre être est d'être en joie. Plus on sera en joie, plus nous serons en capacité de recevoir car on enverra au subconscient l'information « je vibre la joie quoi qu'il arrive, je vibre donc la facilité de recevoir quoi qu'il arrive ! ». Il y a du bonheur et de l'abondance pour tout le monde. J'ai donc sauté de joie lorsque mon garagiste m'a dit qu'il fallait changer les plaquettes de frein en plus des pneus avant, de la vidange et d'une autre pièce dont j'ai oublié le nom, une histoire de bougie, un peu prématuré pour un dîner aux chandelles avec le garagiste.

Et puis je me suis interrogée : « si j'avais un milliard d'euros, quelle est la chose que je continuerais de faire ? Car c'est peut-être bien la chose que je veux vraiment au fond de moi ». On est ce que l'on aime. Alors j'ai pensé à : manger du fromage, prendre soin de mes enfants, faire sourire les gens, m'entourer d'animaux, surtout des chevaux.

Il paraît que la recherche montre qu'il faut une opportunité trois fois plus intéressante pour remplacer ce que l'on possède déjà par une nouvelle opportunité. Même si la nouvelle option est objectivement meilleure à tous les niveaux, l'attachement déjà créé à ce que l'on a déjà agit comme une valeur supérieure dans notre cerveau. Il va donc falloir trouver quelque chose à la hauteur.

Après toutes ces réflexions, je décide donc simplement de me laisser guider pour cette envie d'un ailleurs professionnel, et je respire dès que la peur de ne pas trouver ma nouvelle voie ou de manquer d'argent survient. Je change tout de suite mes pensées négatives en « gagner du blé, et vos rêves se céréalisent ».

Rencontre du troisième type

Je n'ai pas encore eu d'illumination concernant un nouveau travail, par contre j'ai été illuminée par la bougie du garagiste.

J'avais uniquement vu le grand patron lorsque j'ai posé mon vieux Picasso pour faire la vidange annuelle. Et lorsque j'ai reçu l'appel du garage pour m'annoncer ce dont ma voiture avait besoin, je me disais bien que la voix ne collait pas avec le personnage moustachu et grincheux que j'avais vu. C'était Guillaume, l'ouvrier, qui m'avait appelée. Et quel ouvrier ! Je ne sais pas ce qui a bien pu lui plaire chez moi, mon bégaiement quand il s'est mis à me parler tellement j'étais troublée, mon bas de survêtement en éponge rose ou mes cheveux gras.

Je ne pensais vraiment pas rencontrer quelqu'un ce jour-là, si j'avais su j'aurais fait un effort ! Moi qui d'habitude essaie toujours d'être nickel maintenant que j'assume ma féminité, d'autant plus que Mélissa m'a bien dit que les meilleures rencontres nous tombent dessus lorsque l'on ne s'y attend pas car c'est exactement ce qui lui est arrivé. Plusieurs fois devant l'école, au supermarché ou même dans la forêt, je me mets sur mon 31 au cas où et lorsque je vois quelqu'un que je trouve pas mal, je me dis « il n'a pas eu le coup de foudre, je vais essayer de repasser devant lui ». Mes copines avaient raison, la rencontre se fait lorsque

VRAIMENT on ne s'y attend pas. Et ce n'est pas plus mal, parce qu'au final, si je lui ai plu comme ça, on est laaaarge !

Il a un petit garçon qui s'appelle Léon et qui a le même âge que Léo. Je pense déjà au fait que cela risque d'être compliqué d'appeler Léo et Léon à table. Maintenant, à défaut d'être méfiante, je m'emballe un peu trop vite ! En tout cas, c'est un homme formidable, il parle peu, mais lorsqu'il parle, j'ai envie de l'écouter.

Au galop

Une bonne nouvelle n'arrive jamais seule ! Traduction : je vibre la joie, j'attire la joie. Je tombe un jour au commissariat sur une offre dans la ville d'à côté pour être policier à cheval, je sens mon cœur faire un triple salto arrière et m'asséner un « si tu n'y vas pas ma grande, je t'assomme direct à coup de sabot ! ». L'idée de travailler avec eux me trottait régulièrement dans la tête depuis que je fais de l'équitation et aussi depuis le stage avec Sabine qui m'a ouverte sur tellement de choses, je n'aurais jamais cru ces chevaux capables de m'apporter autant et d'être d'une si grande sagesse.

J'ai tout de suite regardé le niveau requis et vérifié que tout concordait bien. Cette énergie, cette connexion que je retrouve avec les chevaux est magique. Lorsque je vais me promener avec les enfants, nous faisons régulièrement la « balade des chevaux », c'est-à-dire que l'on a créé ensemble un tour à pied pour voir tous les chevaux du village à dix minutes en voiture de la maison. Cela fait tellement de bien de se sentir « vivante », et pour cela rien de tel que d'être en contact avec... la vie. La nature, les animaux, les humains parfois peuvent aussi avoir du bon quand ils sont en-dehors de leur personnage. Je n'ai pas les moyens de m'acheter des chevaux ni la réelle envie d'en avoir à moi mais continuer ce métier tout en étant au contact avec les chevaux me semble tout simplement parfait pour moi. Les copines et Guillaume me disent que je devrais faire des soins énergétiques tellement ils sont plus convaincus que moi de leur faire du bien en soignant leurs petits bobos de temps en temps mais j'ai besoin d'un peu de temps encore. Je veux justement garder un métier « d'ancrage » sinon je passerai toute la journée à chanter avec les oiseaux. Mon ouverture sur la magie de la vie ne reviendra jamais en arrière, ne fera qu'évoluer, tout comme mes croyances, et mon métier sera certainement amené à évoluer aussi. Y aura-t-il d'ailleurs plus tard toujours un « métier » ? Je rêve d'un monde où chacun, en-dehors de son personnage et parfaitement connecté à sa source et à sa joie, se laisserait guider par ses envies. Chacun serait délivré de son personnage et les envies de création et de don viendraient donc de l'intelligence universelle. Tout le monde créerait dans le but de servir, d'évoluer, de nous nourrir sainement. Les gens apporteraient de la clarté, de la paix et de l'amour à ceux qui en auraient besoin plutôt que de les critiquer en leur disant qu'ils ne sont pas « assez ». On arrêterait tous notre thérapie en cours pour créer une terre happy.

Toujours est-il que j'ai postulé au poste de policier à cheval et que j'ai été prise ! Heureusement que j'ai suivi mon intuition de passer tous les galops. Il s'agit d'intervenir pour des missions de représentation, de service d'ordre et de surveillance. Donc pratiquement des mêmes missions que celles que j'ai en tant qu'agent de police, lutter contre la délinquance en effectuant des rondes et des patrouilles mais à cheval. On peut être appelé dans des zones difficiles d'accès pour rechercher des personnes disparues, où encore en ville pour contrôler et encadrer des foules et des manifestations. Intervenir en tant que police de l'environnement : pour protéger la faune et la flore dans les environnements fragiles ou protégés. Sur les témoignages que j'ai pu lire, le cheval impose une certaine autorité et inspire aussi de la sympathie auprès des citoyens, ce qui peut grandement faciliter mon travail au quotidien. Je vais donc travailler au sein d'une unité équestre et prendre soin des chevaux, les nourrir, assurer les soins nécessaires et veiller à leur santé et à leur formation.

Un sourire béat s'est greffé sur mon visage.

Elle descend son champagne à cheval

J'ai commencé mon nouveau travail, c'est fan-ta-stique.

Mon cheval s'appelle Houpette, c'est une jument adorable de race Selle Français. Elle a bien sûr été entraînée pour gérer les regroupements et joue un rôle plus dissuasif que guérisseur ! Mais je sens qu'une belle relation de confiance est en train de se créer entre nous. On s'apprivoise, on se câline, j'arrive de plus à commencer à savoir où elle a mal et à la soulager quand on rentre après une mission. Lors d'une sortie aux abords d'un stade pour assurer la sécurité du public, j'écoutais la conversation qu'un petit garçon avait avec son papa. Il lui demandait si les fantômes existaient, c'est finalement une question assez récurrente chez les enfants. Le papa plus préoccupé de savoir s'ils allaient pouvoir rentrer avec leurs sandwichs au jambon, lui a répondu qu'il ne savait pas mais qu'il aurait très peur d'en croiser un. Je pense que cette réponse ne l'a pas franchement rassuré.

Lorsque le petit garçon m'a regardée, intrigué de voir cette femme en uniforme sur ce grand cheval brun, j'ai pris un air choqué en lui chuchotant « tu peux me voir ? ». Le pauvre a pris un air ahuri avec des yeux tout ronds en me faisant coucou de sa petite main pleine d'hésitation. Je l'ai quand même ensuite rassuré en lui disant que j'étais bien réelle mais que moi je croyais que les fantômes existaient et que c'était comme dans la vie, il y en a des gentils et des moins gentils.

A la fin de la soirée, en rentrant au centre équestre avec Houpette, mon collègue Hugues avec qui je commence à bien m'entendre m'a apporté une coupe de champagne pour fêter mon arrivée dans cette nouvelle unité. J'ai donc bu ma coupette sur Houpette en poussant la chansonnette. J'adore ce job.

C'est le zeste qui compte

Ce week-end de pleine lune censé être reposant fut plutôt chaotique. Les vieux dossiers de blessures d'abandon ont fait une remontée aussi fulgurante que le prix de l'essence. J'essaie de ne pas porter la faute sur Guillaume qui est malade et ne peut pas répondre à mes besoins de femme en période automne (la semaine avant les règles, que j'appelle aussi la période « Lady Commandements » ou « Caliméregles »), qui a besoin de tendresse, d'être choyée comme une déesse et qu'on lui caresse les fesses. Comme on dit : « L'autre c'est Dieu qui voyage incognito ». Alors j'applique ce qui m'a fait tilt et a fait ses preuves lors de mes nombreuses lectures cosmiques : j'essaie de me détendre dans l'expérience que la vie me propose. Mais l'angoisse est trop forte, se transformant en crise d'angoisse, les besoins de réconfort sont là et je suis incapable de me détendre dans cette expérience qui, je peux clairement le dire cher univers, est clairement une expérience de merde. Mon personnage a besoin de faire comprendre à Guillaume qu'il ne satisfait pas à mes besoins immédiats, faisant remonter encore d'autres vieux dossiers de notre couple pourtant récent. Alors que cela fait des semaines que je pensais aller bien, que chaque blessure était refermée ne laissant que de minimes cicatrices un peu stylées, que j'allais gérer super bien tous les petits examens coef 2 lancés par l'univers : que nenni ! Il me fait passer le BAC du rejet, option abandon pour quelque chose qui est en apparence une broutille en plus. Mais que m'arrive-t-il ? Je pleure sans relâche en pensant au super week-end love love et reposant que j'avais prévu. Mais si la vie nous proposait uniquement ce que notre personnage souhaite, je ne vous explique pas le désordre sur la planète ! Bien sûr on conscientise tout cela une fois la crise passée.

Donc le robinet de reproches est ouvert, laissant couler des larmes de petite fille en détresse qui se demande ce qu'elle a bien pu faire dans d'autres vies pour ressentir à chaque fois un sentiment de vide aussi violent en elle. Bien entendu tout cela contrôlé par un personnage surpuissant qui souhaite encore et toujours s'affirmer et gagner la bataille face à l'autre. Touché coulé. Cela a bien entendu l'effet inverse escompté, portant l'autre à fuir encore plus. Je me calme, je m'apaise en inspirant et en prenant contact avec ma petite fille intérieure et en expirant en lui souriant, ça me fait du bien et puis je repars de plus belle tout le week-end, incapable d'échapper au contrôle de ce personnage au douloureux visage.

Ce jour-là, je me jure de ne plus jamais me positionner en victime dans ma vie, en attendant beaucoup trop de l'autre et en lui faisant des reproches. Je suis responsable de ma vie, je ne suis plus une victime. Je vois bien autour de moi que ceux qui râlent souvent ont besoin qu'on reconnaisse qu'ils ont une vie de merde pour avoir de l'attention, sauf qu'ils en ont tellement peu en agissant ainsi qu'ils recommencent. Et c'est exactement ce que je fais. Je pense que j'ai déjà fait un grand pas en reconnaissant cette part d'ombre en moi. Je me souviens alors de ce que Mélissa m'avait dit au stage « cheval » : lorsque l'on met du citron sur une cicatrice et que notre peau nous pique, ce n'est pas la faute du citron, c'est la faute de la cicatrice. Et c'est pareil pour les relations humaines : l'autre n'est pas responsable de la réaction (ça pique) que ses paroles (citron) auront sur notre blessure (cicatrice). Si l'autre ne fait pas toujours ce dont on a besoin qu'il fasse, il faut se dire que c'est le zeste qui compte.

J'aime spiritualiser les déceptions auxquelles je peux être confrontée, qu'elles soient petites ou grandes, à travers ce besoin d'amour en me recentrant toujours sur ma lumière intérieure. Cette fois, plus de détour possible, plus besoin d'aller voir truc muche ou machin quand ça ne va pas, je suis obligée de passer par MOI. Toutes les expériences que l'on peut vivre nous ramènent toujours à cette lumière. Elle m'apporte et m'apaise chaque fois toujours plus. J'aime utiliser mon pouvoir de naissance, mon corps, pour transmuter les souffrances venant de ce sentiment de manque en énergies d'amour et de compassion. Je suis un Thermomix© cosmique !

Bien sûr on sait bien que beaucoup de nos phrases commençant par « je jure que » terminent très souvent aux oubliettes, comme le dit un des accords toltèques « fais toujours de ton mieux », et c'est déjà pas si mal.

Je me félicite de m'être autorisée à lâcher la vapeur qui me sortait du nez. L'énergie et la matière sont d'ailleurs finalement la même chose, un peu comme la vapeur et l'eau. J'ai laissé l'énergie me traverser, et sans que je n'attende plus rien, Guillaume m'a proposé un super week-end en amoureux à la fin du mois.

J'ai alors compris que c'est lorsque je lâche les armes, que je suis dans mon authenticité et ma vulnérabilité que je trouve ma force. Et que c'est la personne dont j'avais le plus besoin qui m'a appris que je n'avais besoin de personne.

Guillaume l'écoutant

Nous arrivons beaucoup à discuter avec Guillaume de nos émotions et de notre personnage, et lorsque l'on voit l'autre dans son personnage (prêcher le faux pour savoir le vrai, Caliméro et autre réjouissance), on essaie subtilement de lui faire remarquer par un petit jeu en disant « Démasqué ! ». J'ai beaucoup de gratitude pour cela car contrairement à moi, Guillaume n'a vraiment aucune théorie là-dessus, il ressent c'est tout. Et il comprend ce que je lui dis, du moins la plupart du temps.

Un jour, alors qu'il était en train de bricoler chez lui, je le regardais couper son bois à la scie en déblatérant les nouvelles prises de conscience que j'avais eues sur la loi d'attraction. Je lui ai dit que d'après ce que j'ai pu expérimenter récemment, la loi d'attraction fonctionne tout le temps mais à chaque fois que l'on veut absolument du positif (gentil personnage qui souhaite obtenir un résultat spécifique), on a le balancier qui ramène le négatif derrière. Le fait de vouloir à tout prix du positif, fait encore une fois qu'on n'accepte pas ce que la vie nous propose, et on bloque l'énergie. Pourquoi vouloir à tout prix que du positif dans notre vie ? On sait tous à quel point certaines choses d'apparence négative qui nous sont arrivées, ce sont révélées par la suite comme de véritables bénédictions. On revient donc toujours à cette désidentification, ce niveau de conscience dissocié du personnage. L'idée serait d'identifier d'où vient le désir, du personnage ou d'un élan plus profond, quelque chose qui nous pousse comme si on n'avait pas le choix, en prenant le temps de ressentir ce désir en toute authenticité.

Et puis lâcher prise. Ce n'est pas tenir une prise et la lâcher, ni ne rien faire, c'est arrêter de s'en faire. Quand on cesse de faire un problème d'un problème, celui-ci cesse de persister.

Et surtout garder la foi, cette sensation dans le cœur que tout est toujours pour le mieux, en se rendant neutre. Si par exemple on désespère de trouver l'appartement qui nous correspond, il faudrait simplement arrêter de faire des recherches et accepter que la vie puisse nous proposer quelque chose, laisser le Soi supérieur opérer à travers nous, s'en remettre à la dimension spirituelle, et si c'est juste il se passera ce qui se passera. Après tout, il faut justement avoir un sacré ego pour penser que le « Je » peut tout contrôler et c'est vachement plus cool pour le corps de lâcher et d'aller se balader pendant que l'univers épluche les petites annonces pour nous.

Et si quelque chose de négatif arrive par la suite, comme le dossier de l'appartement qui serait finalement refusé, accepter que ça ne devait pas être comme ça, se mettre en neutralité immédiatement, se dire que c'est ok que ce soit oui, c'est ok que ce soit non. C'est ok qu'on me considère comme quelqu'un de génial et c'est ok qu'on me considère mal. Je m'en fiche car je fais confiance au SOI, je reste dans ma sensation de paix et de bien-être quoi qu'il arrive avec le sentiment que quelque chose d'inattendu peut se passer. Et en ne m'attachant pas à tout prix à ce que quelque chose se passe, je ressens une forme de gratitude à l'avance, un petit acompte cosmique, une sensation d'amour qui n'est pas conditionnée. La gratitude est un outil magique car en remerciant pour ce que l'on a, en se disant que peu importe ce qui se passe, la vie est parfaite pour moi, on entretient le lien avec la magie de la vie, rien à voir avec le personnage qui se sent fort par rapport aux autres puisqu'au-delà de ce personnage, on a une puissance qu'on ne soupçonne même pas. Alors qu'en restant dans des sentiments polarisés « j'aime quand j'ai, je n'aime pas quand je n'ai pas », cela nous maintient dans la matrice et dès qu'on va vouloir du positif, on aura du négatif. D'ailleurs ceux qui atteignent le sommet de leur carrière sont souvent surpris par le vide qui les y attend. On peut faire l'expérience de la joie dans n'importe quelle situation, un palais ou une prison.

Et lorsque l'on a compris cette dimension, le Soi supérieur que l'on voit chez l'autre nous amène à éprouver beaucoup d'empathie et d'altruisme et on ne peut plus juger avec des critères de valeur : l'autre n'est pas mieux que moi et inversement.

Je lui ai parlé d'une citation que j'adore : « La goutte d'eau est seulement faible quand elle est enlevée de l'océan, replacez là et elle est aussi puissante que tout l'océan » *(La vie des maîtres)*.

Nous avons l'air d'être séparés en apparence mais on ne l'est pas.

Dès que l'on passe par le filtre du positif/négatif, le fait de ressentir des choses positives devient difficile car on est dans un système qui nous fait perdre le lien avec le cœur et on devient victime de ce système. Rester dans l'équanimité, l'accueil, la confiance absolue dans la vie, voilà ce que j'ai envie de continuer à faire en ce moment.

Je lui ai parlé de cette prise de conscience suite à une dispute avec Sophie qui m'a beaucoup perturbée. Elle m'a reproché de n'avoir pas été assez près d'elle pendant une période où elle n'allait pas bien, où elle se sentait seule avec Gabriel à enchaîner les déceptions amoureuses. Ça a été très difficile pour moi parce que j'ai justement eu l'impression de tout donner pour elle, j'ai lâché mon chariot rempli en plein magasin et je suis allée la consoler avec Léo dans les bras en mettant les filles à la garderie, j'ai passé des heures avec elle les soirs au téléphone à répéter les mêmes choses au lieu de passer du temps avec Guillaume que je ne peux voir que quelques soirs. J'ai ressenti beaucoup d'injustice, j'ai essayé de m'expliquer pour sauver cette amitié si précieuse, j'ai insisté car je savais qu'elle était capable de tout couper définitivement, je lui ai rappelé tout ce que j'avais fait pour elle. Elle n'a rien voulu entendre, perdue elle aussi dans les méandres de son personnage, et puis j'ai lâché. J'ai remis cette histoire à « plus grand » en me disant que quoi qu'il arrive, je savais que c'était pour notre bien à toutes les deux et j'ai gardé une foi absolue et un sourire sur mon visage. Une semaine après, contre toute attente, elle m'a écrit un long message en s'excusant et en me disant que j'étais trop importante pour elle et qu'elle avait réagi de manière excessive, sa blessure d'abandon étant trop vive pour rester lucide. Le fait que j'ai lâché lui a permis de se recentrer et de comprendre vraiment ce qui passait en elle. Elle était bien sûr toute excusée.

Guillaume m'a écoutée attentivement, j'ai vu que ça a fait écho en lui sur sa relation compliquée avec son père et, de nature peu loquace, il m'a répondu « Je pense donc je scie ».

Hisse et oh !

Lâcher et vivre les expériences, les vivre vraiment, et me détendre le plus possible dans ce que la vie me propose avec une foi immense, voilà ce que je fais. Comme le dit mon ami Albert (Einstein) : « La connaissance s'acquiert par l'expérience, tout le reste n'est que de l'information ».

Toutes les méthodes que j'ai pu acquérir m'ont beaucoup aidée à prendre confiance en moi, à me libérer et à me connaître. Je garde mes quelques outils préférés dans ma mallette magique que j'utilise en fonction de mon ressenti. Mais le concept que je garde et que je cultive quotidiennement, c'est celui de « ne pas réagir ». Le pouvoir transformateur de maintenir la sérénité intérieure face à tous les défis de la vie et les événements extérieurs est immense.

Au lieu de m'embourber dans mes réactions émotionnelles, j'observe les voleuses de paix, mes pensées et mes émotions. Je calme mon esprit, je reconnais la nature du Moi et en observant le silence, je m'éveille à une vérité plus profonde et à un sentiment de paix et de tranquillité tels que j'ai souvent besoin de revenir en moi-même, dans mon temple intérieur qui n'est relié ni à la pensée ni au temps. Cette immense lumière salvatrice est garante de mes guérisons et de ma paix. C'est d'ailleurs cette même énergie qui pousse la sève à guérir l'arbre.

J'ai aussi compris que mon être n'a pas besoin d'affirmer quelque chose qui, en soi, est déjà une vérité, mais d'attirer sa réalisation dans mon corps émotionnel à travers la contemplation de ce que je suis déjà.

Je continue donc à m'accrocher à ma lumière comme à un mât sur un bateau dans une tempête agitée et en bonus j'ai l'impression que plus je fais ça, moins la tempête extérieure s'agite.

Les enfants et Guillaume, à table !

Nous avons chacun notre logement avec Guillaume et cela nous convient très bien pour le moment. Nous aimons nous retrouver avec les enfants dès que nous le pouvons, ils s'entendent très bien. Léon est content d'avoir un copain avec qui jouer et Anna et Romy sont contentes de ne plus avoir leur petit frère accroché à elles. Nous apprécions aussi beaucoup nos moments à deux ainsi que nos moments seuls chacun chez nous.

Il m'apporte beaucoup, et je crois que je lui apporte aussi.

Un jour, il m'a dit qu'il souhaitait reprendre contact avec son père qu'il n'a pas revu depuis deux ans, depuis sa séparation avec la mère de Léon.

La maman de Guillaume est décédée dix ans auparavant et son père a été très peiné par sa disparition. Jusque-là rien d'anormal sauf que Guillaume, fils unique, a toujours été au courant des infidélités de son père. Il faut dire qu'il n'a jamais été très discret, allant parler en douce à toutes les femmes veuves ou séparées à 5 km à la ronde en leur faisant promettre de ne rien dire. Sauf que les femmes parlent, même quand il y a des enfants près d'elles. Et il a appris par ses amis à partir de l'âge de dix ans les infidélités de son père. Tout le monde a été au courant sauf sa maman. Du moins c'est ce qu'il croyait car lorsque sa maman était malade, elle a regardé Guillaume un jour en le remerciant de ne lui avoir jamais rien dit, elle ne lui en voulait pas, elle sait qu'il a voulu la protéger, elle venait de tout découvrir mais préférait partir en paix plutôt que de faire « des histoires ». Guillaume lui a dit qu'elle avait le droit de faire des histoires et de se faire respecter mais elle est restée sur son idée. Guillaume n'a jamais dit à son père que sa maman était au courant de tout lorsqu'elle est partie. Jusqu'à ce que Guillaume se sépare de sa femme. Son père était tellement heureux que Guillaume ait une famille et un petit garçon qu'il n'a pas compris pourquoi il souhaitait quitter sa femme et l'a même sournoisement incité à avoir quelques aventures ailleurs pour faire durer son couple.

Guillaume lui a alors dit dans une colère folle que lui au moins avait le courage de partir plutôt que de manquer de respect à la mère de son fils en allant voir ailleurs. Il lui a dit que sa maman et lui étaient au courant et qu'ils n'avaient rien dit pour ne pas gâcher leur relation mais là c'était trop.

Malgré plusieurs tentatives de son père, le suppliant au moins de le laisser voir Léon, Guillaume a coupé les ponts avec lui pendant deux ans, fermement décidé à ne plus le revoir, en clamant qu'on ne choisissait pas sa famille et qu'il était trop néfaste pour lui.

Mais il m'a dit que des phrases que j'ai pu lui dire ou lui relater comme « on se crée un personnage pour se protéger d'une peur », « il faut aimer ses ennemis », « voir la lumière chez l'autre » l'ont poussé à donner à son père une autre chance et un grand-père à Léon qui n'a que lui comme grands-parents.

Je l'ai pris longuement dans mes bras ce jour-là et je lui ai dit que j'étais fière de lui.

La vie après la vie

Je suis parfois triste de ne ressentir Louise que très rarement maintenant. Mais lorsque je la ressens, c'est tellement fort que je sais que c'est elle. Des tas de questions se posent encore, car même si je suis persuadée qu'il y a une vie après la mort, ou plutôt, j'ose le dire, une vie éternelle, je me demande si elle est déjà réincarnée, et si c'est le cas, si un de ses plans de conscience reste encore avec nous. Je sais très bien que c'est mon mental qui parle et qui a encore besoin d'elle puisque je sais, je sens, qu'après la mort il n'y a plus d'ego, plus de personnage, plus de souffrance, peu importe le décès. Il ne reste que l'amour, et c'est bien nous qui souffrons le plus au final. C'est le genre de réflexions que je ne peux pas partager au milieu de la choucroute et du fromage puisqu'il y a certainement autant de vérités que de personnes et que beaucoup pensent que tout s'arrête au cimetière. Game Over. Sauf que, comme dans un jeu vidéo, on a plusieurs vies pour recommencer, et très souvent avec les mêmes personnes, mais dans des rôles différents.

Cette année-là, nous nous sommes retrouvées le jour de l'anniversaire de Louise avec Fanny, Emma, Sophie, Flo et moi dans le parc où nous allions souvent lorsque nous étions enfants puis adolescentes, les yeux lourds, les lèvres souriantes et le cœur rempli d'amour pour Louise. Il y a eu des « Tu te souviens ? » en rigolant, des « Tu te souviens ? »

en pleurant et au milieu les confidences sur nos vies de maintenant.

Flo attend son deuxième garçon, toujours avec le frère de Thibaut. Je suis contente que notre séparation n'ait affecté ni notre amitié ni leur couple. Je suis restée en très bons termes avec Thibaut, ce qui facilite les choses pour tout le monde, et il est en couple depuis quelques mois avec quelqu'un de très bien. Je suis très heureuse pour lui, il aura toujours une place particulière dans mon cœur.

Sophie a trouvé un chéri avec qui cela se passe très bien, il souhaiterait un enfant mais il faut croire que je lui ai refilé ma méfiance puisqu'elle freine maintenant des quatre fers. Elle ne souhaite pas que Gabriel se sente mis de côté avec un petit frère ou une petite sœur, surtout depuis qu'elle a quelqu'un dans sa vie. Nous lui conseillons de prendre son temps en suivant comme toujours sa bonne boussole, celle du cœur.

Fanny nous annonce qu'elle et son mari ont décidé de prendre une année pour faire le tour du monde avec Joris. Nous la regardons toutes avec des étoiles dans les yeux tellement nous sommes contentes pour elle et fières de son courage car elle a toujours été du genre froussarde.

Emma s'éclate dans son nouveau job, elle est maintenant notaire dans un nouvel office et malgré le fait qu'elle ait essayé d'envoyer plein d'amour à son patron, elle a préféré commencer ses premiers pas de notaire dans un environnement sain. Elle vient de rompre avec le petit ami qu'elle avait depuis un an mais ça n'a pas l'air de beaucoup l'affecter car il y a un jeune pompier qui lui fait de l'œil en ce moment.

Et moi, eh bien moi je leur parle de ma relation avec Guillaume avec des étoiles dans les yeux, et des enfants qui vont étrangement bien. Moi qui m'inquiétais tellement de leur épanouissement après la séparation, si je n'avais pas écouté ces peurs, je me serais épargnée pas mal de mois sans dormir. Elles me parlent aussi de ma nouvelle silhouette puisque j'ai perdu sept kilos, sans rien faire, juste en ne mangeant plus mes émotions.

Madame est servie

Je sens que mes mains chauffent et fourmillent de plus en plus. Lors d'une intervention sur un mouvement de foule à l'occasion d'une manifestation, j'avais précisément en ligne de mire une femme avec une jupe jaune qui n'arrivait pas à se relever. Je suis descendue de Houpette pour venir l'aider. En lui prenant la main j'ai senti une décharge énorme passer de ma main à la sienne. Je crois qu'elle l'a sentie aussi puisque même dans la panique, il s'est passé deux secondes où nous nous sommes regardées dans les yeux, toutes les deux incrédules.

Elle est revenue me voir plus tard pour me remercier, ce qui change des insultes que j'ai pu recevoir, et elle m'a confirmé qu'elle a ressenti un courant électrique passer et qu'elle n'avait bizarrement plus mal à l'entorse au coude qu'elle s'était faite la semaine auparavant.

J'ai alors repensé au japonais en fauteuil que j'avais croisé et qui m'avait dit qu'il fallait que je me rappelle de ma lumière et que je suis là pour aider certaines personnes, à Sandra qui m'a dit que mes dons s'ouvriraient en même temps que mon cœur, à ce beau cheval au stage de Sabine qui a commencé à m'ouvrir les portes de la lumière et à Maud qui m'a dit dans son tirage de cartes que j'avais des dons de guérison. Des larmes ont coulé sur mes joues sans que je m'en rende compte, avec une immense gratitude pour cette femme à la jupe jaune et pour toutes les expériences qui m'ont amenée jusqu'ici. Il est temps d'élargir mon cercle de soins.

Je sais qu'il ne sert à rien de forcer, de vouloir à tout prix guérir une blessure ou vouloir développer un don. J'ai appris qu'il ne sert non plus à rien de remettre ce que je suis dans les mains de ce que je fais. Être dans une quête infinie du meilleur outil ne me sert pas, non pas que les magnétiseurs, les énergéticiens, le yoga, etc. ne m'aient pas été bénéfiques car ils m'ont fait prendre conscience que l'on est capable de trouver la paix, la sérénité à travers ces outils, de me révéler à ce que je suis vraiment. J'ai pu avoir de magnifiques rappels à ma lumière simplement en observant une maman et son enfant dans un parc ou à travers le sourire d'une caissière. J'ai compris que ce qui compte ce n'est pas ce que nous faisons mais qui nous sommes en le faisant. Le processus, c'est la vie tout simplement. Je n'attends rien de positif, je n'attends rien de négatif non plus. Je ne sais pas ce que la vie me réserve mais, telle une montgolfière gonflée à bloc, je me sens délestée du poids des attentes et je me laisse porter en me délectant du moment présent. J'ai compris que c'est expérimentant ce que je ne suis pas que je peux savoir qui je suis et, en traversant toutes ces couches d'oignon, j'ai découvert que la lumière, c'est moi !

À toi lecteur : fais confiance au prochain chapitre de ta vie car tu en es l'auteur.

D'autres visions de la spiritualité

La vision de Nicolas

Être spirituel en 2023, est-ce un numéro d'équilibriste entre nos aspirations profondes et le mode de fonctionnement actuel de la société ?

Comment concilier ce en quoi nous croyons, les valeurs qui en découlent et la mise en pratique dans la vie de tous les jours ?...

À mon sens, cette application de nos lignes directrices peut se décliner de différentes façons suivant notre situation sociale et notre environnement proche.

L'ermite va s'inspirer du calme qui l'entoure et pourra se tourner vers l'intérieur à l'infini. Peut-être qu'avec le temps, ressurgira la question du pourquoi avoir choisi l'isolement... Et alors un nouveau chemin de questionnement pourra s'ensuivre.

Le religieux ou le disciple d'un dogme pourra s'appuyer sur une organisation et une documentation multiséculaire du comment vivre en société, tout en suivant les préceptes d'un dieu ou d'un guide spirituel. Cette voie, souvent pleine de sagesse peut se révéler bénéfique. Toutefois il est souhaitable de conserver une ouverture sur les autres traditions et de faire preuve de discernement. En effet, comme tout texte, les écrits religieux sont sujets à interprétation.

Je me souviens avoir vu dans une église, un tableau qui a marqué mon esprit. Ce dernier représentait un moine qui étudiait un livre épais et de nombreux livres étaient entassés autour. On pouvait penser que c'était un érudit. Ce faisant, il levait les yeux vers une colombe rayonnante et une main pointait en direction du moine et de son cœur. Son cœur était porteur d'une lumière jaillissante. La compréhension du message de ce tableau a guidé ma façon d'être : « Tu peux étudier autant que tu veux la spiritualité et comment te rapprocher de Dieu, mais souviens-toi que tout est dans le cœur. » Notre cœur est notre lien « divin », il nous indique la direction à suivre, il est notre connaissance profonde de ce qui est juste pour nous.

J'ai parlé de divin, de Dieu... Selon moi, c'est une représentation de l'esprit parmi tant d'autres. Je crois aujourd'hui que nous sommes le fruit d'une intelligence première et commune que l'on pourra nommer selon nos croyances.

Ces premiers modes d'approche de la spiritualité sont en train d'évoluer de nos jours.

Pour ma part, je construis ma pensée, mon spiritu (Es piri tu « le feu est en toi ») à la manière d'un puzzle, mon puzzle. Je dis « mon », car je crois que nous devons tous élaborer une spiritualité, une pensée, qui nous est propre. Et chaque pensée propre s'imbrique avec les autres, d'une façon unique et subtile, à l'image des pierres biscornues qui constituent l'édifice du Machu Picchu. Pour autant, elles s'imbriquent parfaitement et résistent au temps avec force et unité.

Il y a là la question du regard des autres, de la peur du jugement et de notre capacité à écouter notre cœur. À chaque fois qu'un être apprend à se libérer de ces chaines et à grandir en confiance, il encourage son entourage à le faire, naturellement, juste par envie de parvenir à cet état d'être. Et par effet 'boule de neige', cela s'étend. Par les temps qui courent, c'est encourageant, de savoir que nos battements d'ailes peuvent s'étendre au lointain et contribuer au bien commun. Et finalement, notre bien aussi. Ne serait-ce pas ici une prédisposition interne commune à toute l'humanité ? Nous recherchons des personnes qui nous font écho, nous voulons faire le bien, nous aimons être bien. Et quoi de plus facile pour être bien, que d'être entouré de personnes bienveillantes… à méditer ;-)

Alors mon puzzle, mes enseignements, je les tire de lectures, de vidéos internet, mais aussi et d'une façon plus prégnante de mes échanges. Ainsi, mes enfants, ma famille, mes amis et toutes mes rencontres, sont sources d'inspiration et de compréhension. Une amie m'avait dit : « nos enfants sont nos meilleurs enseignants ». En effet, même si nos enfants nous poussent à bout, nous sommes obligés de rester avec eux... Et finalement, la meilleure solution pour ne pas sombrer dans les émotions négatives, c'est de comprendre ce qui résonne en nous et du coup progresser sur notre chemin.

D'une façon plus générale, l'observation du comportement des personnes autour de moi est source d'inspiration et d'apprentissage. À l'image de nos enfants, nous pouvons apprendre de ce qui est enviable comme de ce qui nous agace. Pour pacifier nos émotions, nous devons pacifier notre intérieur et notre relation avec l'extérieur.

D'ailleurs, je connais des amis qui n'ont jamais rien étudié ou lu dans le domaine de la spiritualité et qui pourtant, dans leurs actes de la vie quotidienne, sont de vrais sages.

Comment parler de spiritualité, sans parler de notre lien avec la nature, avec la Terre, le Ciel, l'Univers. Même si ces notions sont encore à défricher en ce qui me concerne, je ressens qu'il y a là une grande clé de compréhension et une aide précieuse. Mon professeur de médecine chinoise disait : « tout ce qui est à l'intérieur est à l'extérieur et vice et versa ». Avec un sérieux accent chinois bien sûr ! Les grands noms de l'antiquité ont étudié les étoiles, notre lien avec le COSMOS. Ne sommes-nous pas constitués d'une multitude de cellules ? Nous pourrions les comparer aux constellations, si tant est que nous soyons suffisamment petits pour observer le vide qui nous constitue. Tout est envisageable dans ce domaine. L'infiniment petit et l'infiniment grand sont étrangement ressemblants. Chacun de nos agissements interagit avec le reste ce qui a pour effet d'interagir avec nous en retour.

Plus j'apprends et plus je remets en question mes précédents acquis. Je crois que c'est là aussi une voie, une capacité nécessaire. Savoir remettre en question, accepter que nous avons des prédispositions qui nous sont propres et que c'est celles-ci que nous développons et pas celles de l'autre.

Je suis aussi de plus en plus convaincu qu'il y a une notion de timing. Les évènements s'enchainent selon un ordre bien défini et, que nous le voulions ou non, nous sommes d'une certaine façon guidés, voire téléguidés. Bien sûr, nous avons notre libre arbitre, mais dans une certaine mesure, si bien que lorsque nous dévions trop, le corps nous rappelle à l'ordre. Ces quelques phrases peuvent inquiéter sur notre capacité à agir et à la fois je trouve cela rassurant. Je suis convaincu que l'organisation de tout ce que nous traversons, le réveil à vitesse grand V de l'humanité (si tant est que prenions suffisamment de recul) et l'actualité que nous servent les médias jour après jour, n'a qu'un seul but : nous réveiller, nous accorder, nous unifier, par le cœur et peut être finalement par un lien unique et commun de tous nos cœurs.

Je souhaite terminer ma vision de la spiritualité sur ces notes positives. Mon puzzle est résolument orienté positif. Travaillons notre confiance en nous et ce qui va de pair : notre confiance en la vie.

Avec tout mon amour pour une terre et une humanité réconciliées.

La vision de Leslie

Tu m'as posé la question : qu'est-ce que la spiritualité pour moi ? Ma réponse peut sembler inhabituelle, car pour moi c'est un mot, un simple mot que chacun façonne à sa manière. Mais permets-moi de décortiquer ce mot avec mes propres mots, et de te prêter mes lunettes pour que tu puisses voir mon point de vue.

En anglais, « spirit » signifie « esprit ». Nous sommes tous des esprits pensants, vivants, chacun avec un but ici sur Terre, peu importe ce qu'il puisse être. Pendant de nombreuses années, j'ai justifié les étapes de ma vie et mes états d'âme, parfois par mon vécu, parfois par la spiritualité.

Puis un jour, quelque chose d'incroyable s'est produit. J'ai fait la rencontre d'une personne singulière, sombre, mélancolique, parfois colérique, mais en même temps, attachante, douce et ferme et assez sûre d'elle. Cette personne, c'était MOI, ou du moins une partie de moi que je n'osais pas voir. En me regardant dans le miroir, j'ai réalisé que nous étions différents en apparence, mais que nos yeux reflétaient la même âme. Quand j'ai accepté de faire sa rencontre, cela a apporté une valeur inestimable. Tout s'est ouvert, ma vue, ma voix, ma sensibilité. Depuis ce jour, nous sommes unis, ensemble.

Si tu me demandes ma définition de la spiritualité, la réponse est MOI tout simplement MOI.

La vision de Julie

La spiritualité de mon point de vue c'est une force que l'on ressent à un moment donné de notre vie qui va nous donner la puissance d'avancer. Cela peut se manifester de plusieurs manières en fonction du vécu et des croyances mais quoiqu'il arrive, ça sera toujours quelque chose qui nous pousse à devenir la meilleure version de nous-même au service du monde, de l'humanité, de notre Terre, et plus généralement qui nous poussera à ressentir l'Amour inconditionnel envers le TOUT dont nous faisons partie intégrante. Pour moi, la phrase qui résume le mieux la spiritualité c'est « soyons le changement que nous voulons voir dans ce monde ».

La vision de Dominique

La spiritualité, c'est être en lien avec les lois, les forces de l'univers, la source ...

C'est ouvrir notre esprit, notre cœur, notre âme pour grandir et donner un sens profond à sa vie pour servir l'humanité avec amour, tolérance, humilité... Non pour notre ego personnel.

La spiritualité, c'est respecter le vivant sous toutes ses formes.

La vision d'Aurélie

Ce que la vie me propose.

Au moment où j'écris ces mots, je suis en train de vivre un moment de pleine transformation.

En effet, jusqu'au 17 juillet 2023, je vivais une vie des plus communes. J'ai découvert le développement personnel, la communication non violente, les énergies, le cycle féminin relié au cycle lunaire, le tantra, le chamanisme, les bienfaits de la connexion à la nature, aux animaux, mon hypersensibilité. Tout cela grâce à des rencontres, des expériences mais surtout à travers des formations, livres, coachings, podcasts, vidéos mais sans incarner réellement aucun de ces thèmes dans mon corps, dans mon âme.

Au cours de ma vie, j'ai eu quelques expériences avec l'au-delà mais très brèves, et je n'ai jamais eu envie de me poser des questions, d'en parler, de comprendre, c'était juste de brefs moments.

Mon but était d'avoir une relation de couple saine et épanouie et surtout de monter mon niveau de conscience afin de trouver la paix, la sérénité, d'être libérée de tous mes mécanismes de défense, de mes failles émotionnelles, de mon manque de confiance en moi à travers des formations, des informations. Comprendre, analyser mon mental et mes réactions était pour moi l'unique façon de pouvoir contrôler et donc modifier mes comportements et d'agrandir ma conscience.

Sauf que tout a basculé le 17 juillet 2023, jour où mon mari disparait subitement dans l'océan. Nous entamons des recherches qui ont duré deux jours. Lors de ces recherches, mon mental était en état de choc et s'est mis uniquement en mode « je dois le retrouver ». Je ne mange pas, je bois uniquement de l'eau et je passe du matin au soir sur cette plage, dans l'océan.

Désemparée, ne sachant plus où le chercher, je m'assoie sur le sable face à l'océan à côté de mon meilleur ami qui aussi est le cousin de mon mari. Nous restons en silence pendant une trentaine de minutes puis, dans ma tête, je demande à mon mari de m'aider à le retrouver. A ce moment-là, son cousin se retourne et me répond instantanément qu'il va en haut du rocher, sauf qu'il y a plusieurs rochers et que malheureusement nous ne le retrouverons que le lendemain.

Nos recherches étant vaines, je rentre et me couche dans notre lit. Quelques heures après, je ressens un souffle frais sur mon visage, je lui demande si c'est bien lui (car pour moi il est encore vivant tant que nous ne l'avions pas retrouvé), je lui dis « si c'est toi arrête », le souffle se stoppe. Je lui redis « si c'est toi recommence », je ressens à nouveau le souffle frais sur mon visage. Suite à cela je m'endors instantanément.

Quelques heures après, à l'aube, avant de reprendre les recherches, je m'assoie sur notre terrasse, je lui parle en lui exprimant que je suis prête, que s'il est décédé, je dois le libérer, on doit retrouver son corps. Quelques secondes après, mon téléphone sonne pour me dire que l'on a retrouvé le corps de mon mari.

La cérémonie d'enterrement a eu lieu le jour-même au Sénégal. J'ai ressenti un amour et une paix immense que je n'avais jamais ressentis alors que j'étais en train d'enterrer mon mari, mon confident, mon amour, mon tout.

Cette sensation a duré deux semaines, je savais que c'était ce que l'on devait vivre. J'avais des discussions avec ses proches et je savais que c'était lui qui parlait à travers moi, je leur disais « ce n'est pas moi, c'est lui ». J'étais sur un autre niveau, sur un autre plan, ni dans le nôtre, ni dans le sien. J'étais dans un entre-deux.

Durant les deux semaines qui ont suivi son enterrement, cet état de paix et d'amour a petit à petit quitté mon corps. Puis pendant deux jours, je n'ai plus ressenti mon mari à l'intérieur de moi mais à côté de moi. Je ne le voyais pas, je ne pouvais pas le toucher mais je le sentais là, à mes côtés. Je lui parlais à voix à haute et il me répondait avec l'eau de la douche ou d'une autre manière mais je comprenais exactement ces réponses, je savais.

Depuis ce jour, je bascule dans une énergie très basse, où je ressens énormément le manque, la tristesse, la peur, l'incompréhension, je vais me coucher et le lendemain matin une autre vibration arrive et je comprends que je ne dois plus essayer de comprendre avec mon mental. Je dois privilégier des temps seule de connexion avec moi, sans livre, sans musique, des temps de prières. J'ai compris que la spiritualité n'est pas forcément de rencontrer des chamanes, des personnes éveillées, mais qu'il s'agit de me faire confiance, d'agrandir ma foi en la vie et de me laisser guider par ma nouvelle étoile.

Depuis le 17 juillet 2023, j'ai compris que ma spiritualité a changé. Il s'agit de ressentir ce qui se passe en moi, me connecter à ce qui est juste pour moi, avoir confiance en la vie, vibrer l'énergie de ce que je veux vivre et ne plus avoir besoin d'avoir des réponses et des plans tout faits pour mon avenir. Suite à son décès, des émotions intenses me traversent, mon corps a du mal à accepter toutes ces émotions, ce choc, ce traumatisme, et me fait mal. Une douleur dans le dos est presque omniprésente. Quand elle devient plus intense, je respire, je m'étire, je me mets en mouvement, je danse en imaginant tenir mon mari dans mes bras, en pleurant, en criant pour laisser sortir le surplus émotionnel qui m'envahit. Puis, au fur à mesure l'intensité de la surcharge émotionnelle diminue et devient plus douce. Il vient ensuite des moments où je ressens le besoin de méditer, de me connecter avec des êtres de lumière, des protecteurs ou à lui en fonction de mon besoin du moment. Je ressens ainsi une forte vibration de paix, de sérénité, de confiance en l'avenir, de volonté d'être de plus en plus connectée à ce nouveau monde, à « plus grand », je peux vivre toutes ces différents états en une journée, en une soirée. Alors j'accepte et j'essaie de vivre au mieux chaque moment car je ne peux changer et contrôler tout cela. Cette expérience m'apprend vraiment à avoir confiance en ce que la vie me propose, j'ai le sentiment que j'avais accepté cette mission avec mon mari pour qu'il soit mon coéquipier. Il a réussi sa mission sur Terre mais nous sommes encore liés, si je me libère, je le libère et vice versa mais nous avons aussi d'autres choses à vivre séparément.

J'apprends vraiment à ne plus vouloir tout contrôler en essayant de vivre le moment présent, de ne plus me laisser emporter par ce personnage. Et lorsque cela arrive, je me dis que c'est ok, que le tout est de le reconnaître. Je sais au fond de moi ce qui me fait vibrer, vers quoi j'ai envie d'aller mais en laissant la place à l'univers de me proposer des expériences, en ne fermant pas la porte à d'autres choses que je n'avais pas prévues, en restant ouverte et curieuse.

A moi maintenant de suivre mon chemin avec légèreté, joie et curiosité.

Je remercie vraiment la vie, l'univers, Dieu, de m'avoir permis de vivre à ses côtés, de me montrer vraiment ce qu'est la foi et de continuer à me faire avancer tant au niveau spirituel que dans la matière.

Remerciements

Un grand merci à ces belles lumières pour leur vision personnelle sur la spiritualité et à Leslie, Aurélie, Julie, Pauline, Steph, Lolo, Maud et Nataly pour leur relecture, leurs encouragements et leurs précieuses présences.

Cette histoire est inspirée de mes lectures, apprentissages et expériences, un écrivain qui se livre c'est un peu comme un canard qui se confie. Ces écrits ont également été suscités par les magnifiques personnes que j'ai pu croiser, par mon imagination, mon intuition et par « plus grand ».

J'ai une pensée particulière (non je ne me crois pas aux Oscars) pour Nath, mon ange, que j'emmène partout où je vais, pour Marie-Claude, ma tatan chérie et pour mes grands-parents d'amour.

Merci à mes parents de m'avoir donnée la vie et de me permettre d'être fière de vous avoir comme parents.

Merci à tout ce que j'ai pu expérimenter dans cette vie et qui font ce que je suis aujourd'hui, une femme qui se transforme chaque jour avec bonheur et qui savoure le « maintenant » tel qu'il est.

Merci à mes trois garçons qui m'apportent énormément, souvent sans le savoir, et que j'accompagne comme je le peux sur leur chemin lumineux.

Merci à la vie.

La vie est une fête.

Jessica Mazencieux

Maud Nuncq, Florence Granjon, Thierry Pitaval, Coralie Mazencieux, Martine Thizy, Françoise Degrange, Elodie Bonnier, Andy Mazencieux, Stéphanie Pitaval, Leslie Gaeta et Julie Nardin : défi relevé !

Je suis arrivée à caser lantiponner, Maud, sirène de pompier, ongles de pieds, tarte aux pommes, paix, spritz, dindon, beignet, attachiante et Poulpi dans le livre !

Facebook : Roman « Perchée et culottée »

Instagram : jessmazencieux

N'hésite pas à me laisser un commentaire en ligne ou en privé pour partager ton avis sur ce livre, que ces mots t'aient appelés ou non, et à diffuser des messages lumineux aux personnes qui en ont besoin.

Merci de m'avoir lue et belle découverte de ton Toi !

Printed in France by Amazon
Brétigny-sur-Orge, FR